开天辟地

中国古代神话故事

ZHONGGUO GUDAI SHENHUA GUSHI

闫飞·编
捧捧堂·绘

SPM 南方传媒 | 广东人民出版社
·广州·

图书在版编目（CIP）数据

中国古代神话故事 / 闫飞编. — 广州：广东人民出版社，2023.4

ISBN 978-7-218-16417-5

Ⅰ. ①中… Ⅱ. ①闫… Ⅲ. ①神话—作品集—中国—古代 Ⅳ. ① I276.5

中国版本图书馆 CIP 数据核字（2022）第 253181 号

ZHONGGUO GUDAI SHENHUA GUSHI

中国古代神话故事

闫 飞 编

出 版 人：肖风华

责任编辑：马妮璐

责任技编：吴彦斌 周星奎

装帧设计：棒棒堂

出版发行：广东人民出版社

地　　址：广东省广州市越秀区大沙头四马路 10 号（邮政编码：510199）

电　　话：（020）85716809（总编室）

传　　真：（020）83289585

网　　址：http://www.gdpph.com

印　　刷：天津海德伟业印务有限公司

开　　本：710mm×1000mm 1/12

印　　张：20 **字　　数：**200 千

版　　次：2023 年 4 月第 1 版

印　　次：2023 年 4 月第 1 次印刷

定　　价：168.00 元（全四册）

如发现印装质量问题，影响阅读，请与出版社（020-85716849）联系调换。

售书热线：（020）85716833

中国古代神话故事

开天辟地

目录

中国古代神话故事

盘古开天辟地

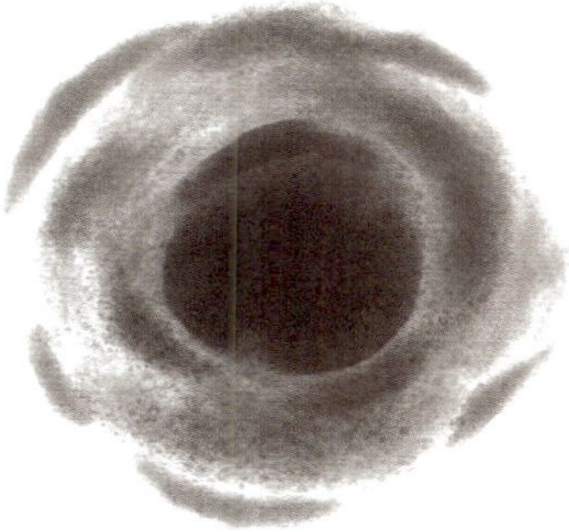

在混沌黑暗之中，宇宙是什么形状的？是谁创造了我们生存的世界？

盘古是中国神话中开天辟地的人。在混沌黑暗中，盘古劈开了天地。

云
空气中悬浮的由水滴、冰晶聚集形成的物体。
盘古
四极

斧子

砍竹子、木头等用的工具，头部呈楔（xiē）形，装有木柄。

很久很久以前，世界是混沌黑暗的，没有一丝光亮。后来，在这一片黑暗之中孕育出了一个生命，他的名字叫盘古。盘古掰下自己的牙齿，将牙齿化为斧子，朝着眼前的黑暗用力地劈过去，混沌中传来一声惊天动地的巨响，盘古眼前的黑暗慢慢散去，原来，混沌的世界被盘古劈开了。于是，比较轻盈的东西向上升，变成了天；比较沉重的东西向下沉，变成了地。

天和地分开以后，盘古担心它们还会合在一起，于是用手撑着天，用脚踩着地。天每天升高一丈，地每天下沉一丈，盘古也越来越高。不知过了多久，天和地逐渐成形了，盘古也耗尽气力，慢慢倒下了。盘古倒下后，他的身体化成了世间万物：他的双眼分别变成了太阳和月亮，他的四肢变成了大地的四极，他的血液变成了气势磅礴的江河，他的汗水变成了滋润大地的雨露……

从此，宇宙不再是一片混沌黑暗，世界变得丰富多彩，充满无限的生机。

谈古论今

盘古开天辟地是一则创世神话，这则神话反映了中国早期的宇宙观念，即天地未开之时，世界诞生于混沌中，这是古人解释宇宙诞生、天地起源的一种方式。

神话漫谈

盘古开天辟地的故事，蕴含着中华民族向往光明、敢为人先、自我牺牲的伟大品格，展现了盘古大无畏的精神。天地未开，一片黑暗，那就拿起斧子，劈出一个世界！

中国古代神话故事

女娲造人

天地初开之时，世界是怎样的？人类又是从何而来的？

女娲是中国神话中的人文先祖，传说她用黄土创造了人类。

据传说，女娲是一位人首蛇身的女神，具有创造万物的神力。女娲在天地间游玩，时间久了，她感到很寂寞。她用黄土捏了鸡、狗、猪、羊、牛、马等动物，于是，六畜诞生了。

女娲依旧觉得大地上缺少生机，她打算创造一种能直立行走、会说话、能思考、有感情，可以和自己沟通的生物。于是，女娲使用神力，将黄土捏成泥人，人类就此诞生了。女娲看着自己创造的人很高兴，她就继续捏，但是，捏泥人的速度太慢了。后来，她想出了一个绝妙的办法，她拿了一根枯藤，把它伸入泥浆中，然后举起枯藤轻轻一甩，泥浆洒落在地上，也变成了一个个的人。

人类天生就有两种性别。女娲见男人强壮，女人灵秀，便为人类赐福，建立了婚姻制度，令男婚女嫁。从此以后，人类在大地上生儿育女，繁衍后代，生生不息。

黄土

浅黄色或者黄褐色的土壤，很容易用手搓成粉末，在中国黄河中游地区分布较多。

谈古论今

黄土地为中华民族农业文明的发展提供了物质基础。女娲造人所用的材料正是黄土。不论是对古人还是对今人而言，土地都是坚实可靠的，是人类赖以生存的物质家园，也是世间万物的孕育、繁衍之所。

神话漫谈

女娲是中华民族女性始祖的代表，也是一位无私而伟大的女性神灵。女娲化生万物、创造六畜、捏土造人，又为人类建立婚姻制度，引导人类繁衍生息，功劳巨大。

钻木取火

在上古时代，人类不懂用火，黑暗中的野兽威胁着人类的生命。

据说燧（suì）人氏发明了钻木取火，教人类用火烤制食物，让人类不再茹毛饮血。

上古时期，人类不知道“火”是什么。一场雷雨过后，一位年轻人发现树林中死去的动物散发出阵阵香味，原来，雷电劈在树干上，使树木燃烧，很快变成了熊熊大火，大火烧死了林中的动物。年轻人把烧熟的兽肉分给大家吃，大家吃完，觉得很美味，也由此感受到了火的可贵。可大自然中不是时时刻刻都有火的，保存的火种也很容易熄灭，于是年轻人决定外出寻找火。

有一天，他发现了一棵名为“燧木”的巨树，直冲云霄。有一只美丽的毕方鸟落在燧木上，正在用嘴一下一下地啄着树干，它每啄一次都有火星飞溅，年轻人一下子就明白了，他折下一根树枝在大树根上不停地摩擦，终于成功取到了火种。

年轻人教会大家取火与用火的方法，带领大家用火烤制食物，用火取暖。人们尊称他为“燧人氏”，也就是“取火者”的意思。

火
指物体燃烧时所发的光和焰。古时候，人们用火烤制食物，获取温暖，驱逐野兽。
燧人氏
钻木取火
用硬木棒对着木头摩擦或钻洞，靠摩擦来取火，这是古老的人工取火的方法。

谈古论今

燧人氏从自然现象中领悟到钻木取火的方法，开创了中华民族文明的新纪元。火的发明使人类避免受冻，有了同寒冷气候抗争的能力。上古时期，人类在聚集生活后逐渐产生了群居思想，火在其中发挥了重要作用。

神话漫谈

对火的驾驭是人类发展史上的一个里程碑，人类天生就向往着光明和温暖。燧人氏钻木取火，正是祖先不屈不挠、坚持不懈地追求美好生活的缩影，更体现了薪火相传、生生不息的集体意志。

伏羲教民

上古时代的人们生活困苦，有人决定改变这种生活状况。

伏羲（xī）发明创造了诸多有利于生产生活的物品，改善了人们的生活。

据传说，上古时期，有一位叫华胥氏的美丽女子在雷泽游玩，看到了一个巨大的脚印，她好奇地踩了上去，顿时感到有些异样，原来，这个脚印是雷神留下的。华胥氏有感而孕，怀胎十二年，生下了伏羲。

伏羲天生聪慧，足智多谋。他受到蜘蛛结网捕虫的启发，将绳子编织成网，发明了渔网，让人们不用再徒手抓鱼。当时的人们对刮风下雨、电闪雷鸣等自然现象感到困惑和恐惧，于是，伏羲观察天地山川与日月星辰，参透天地万物变化，掌握了预测天气的方法。伏羲见人们的生活中只有劳作，不懂得娱乐，于是制作了陶埙（xūn）、琴、瑟等乐器，教人们创作音乐，娱乐生活。

一天，一种名为龙马的神兽出现在黄河中，背负着河图。龙马见伏羲非常有德行，就将河图献给了伏羲。伏羲从河图中受到启发，演绎了八卦，八卦包罗万象，天地、男女、阴阳、刚柔、动静、升降等事物与现象都被涵盖其中，为人类解开了自然之谜。

河图
中国古代流传下来的神秘图案，据说它源于天上的星宿，蕴含深奥的宇宙星象的秘密。
龙马
一种祥瑞神兽，有龙的头和爪，马的身形，身披龙鳞。

谈古论今

原始时期，人类的祖先在自然界生存得十分艰难，食物的来源不够稳定。伏羲发明渔网后，人们能捕捉到更多的鱼，有了相对充足的食物。人类使用渔网的历史非常悠久，直到今天，沿海地区的渔民还在使用渔网捕鱼。

神话漫谈

伏羲教民时，华夏文明尚在蒙昧阶段。伏羲启迪民智，发明创造，带领华夏先民战胜愚昧，改善了物质生活。伏羲还发明了陶埙、琴等乐器，用音乐丰富人们的精神世界。

炎帝种五谷

上古时期，人们缺少食物。是谁挺身而出，改善了人们的生活？

炎帝是上古时期姜姓部落的首领。他发明了刀耕火种的方法，发展了农业技术。

炎帝自幼便非常聪明，出生三天就能说话，五天就能走路，后来被推举为部落的首领。在上古时期，人们缺衣少食，只能通过打猎、采集野果填饱肚子，生活很困苦。炎帝一心想要改善人们的生活。

有一天，一只火红的鸟在天空展翅高飞，嘴里衔着一株谷物，那谷物有五彩九穗，鸟儿飞过炎帝头顶时，将五彩九穗谷扔在了炎帝身前。炎帝觉得很神奇，就将这株谷物种在土里。不久之后，这株谷物上长出了五种植物，这就是五谷。有了五谷，炎帝又发明了刀耕火种的方法，教人们开垦荒地，种植粮食。后来，炎帝见人们耕地很费力，又创造了耒耜（lěi sì）等翻地松土的农具。因为炎帝精通农事，所以人们也尊称他为“神农”。

耒耜

据说是炎帝发明的农具，古人将其用于农业生产。耒耜可以用来翻整土地、播种庄稼。

刀耕火种

一种原始的耕种方法，古人将地上的草木烧成灰，用来做肥料，然后挖坑播种。

五谷

五种谷物，古书中有不同的说法，通常指稻、黍、稷、麦、菽（豆），泛指粮食作物。

谈古论今

在古代神话中，炎帝是华夏农耕文明的开创者。炎帝发明农耕的工具，教人们种地的方法，还培育出多种适合种植和食用的粮食作物，即“五谷”。五谷中的菽和麦，至今依然是常见的农作物，深受人们喜爱。

神话漫谈

炎帝种植五谷，为人们找到可以充饥的食物，人们春天在土地里耕种，秋天收获粮食，有了稳定的食物来源。炎帝带领华夏先民由渔猎转向农耕，为华夏文明奠定了坚实的基础。

中国古代神话故事

精卫填海

大海并不总是风平浪静的，有时，它也会带来危险，使人失去生命。

炎帝的女儿在东海游玩，大海突然掀起惊涛骇浪，吞没了这个女孩。

精卫鸟
女娃死后变成的鸟，白嘴红爪，头有斑纹。

炎帝有一个小女儿，名叫女娃。女娃很向往外面的世界，总是吵着让炎帝带她出门游玩，可是炎帝太忙，一直没有机会带女娃出去，于是女娃自己悄悄溜出了家门，不知不觉间跑到了东海。

女娃被美丽的大海吸引了。眼下的东海风平浪静，女娃找来一只小船，开始了她的东海之旅。微微的海风吹拂着女娃的面庞，柔柔的海浪拍打着她的小船，女娃觉得惬意极了。突然，海面上掀起了狂风巨浪，海浪越来越高，女娃见势不妙，拼命划桨，想要控制住小船。可小小的女娃怎么敌得过无情的大海呢？女娃就这样被大海吞噬了，炎帝带着子民把女娃打捞上来，葬在了发鸠（jiū）山上。

女娃十分不甘心自己被淹死在东海里，她死后怨气不散，她的精魂凝集成了一只精卫鸟，在长满柘木林的发鸠山上安了家。精卫鸟只有一个信念，就是一定要将罪恶的东海填平。日复一日，年复一年，精卫不知疲倦地往返于发鸠山和东海之间，衔来一根根小树枝、一颗颗小石子，想要把大海填平，直到今天也没有停止。

谈古论今

女娃的意外身亡让我们意识到人类在自然面前是多么渺小。女娃即使贵为炎帝之女，也无法在波浪滔天的大海中保全自己的生命。女娃化为精卫鸟的神话，本质上是华夏先民对生存的忧虑和对自然无力的抗争。

神话漫谈

女娃溺水身亡，在死后转生，魂化精卫，终身进行填海的事业。这种矢志不渝的精神体现了华夏先民渴望战胜自然的信念和理想。精卫的悲壮故事被后人传颂，其永恒奋斗的精神也流传至今。

黄帝的故事

上古时期，华夏诸多部落分散四方，相互间争战不断。

黄帝是中国上古时期部落联盟首领之一，被尊为中华“人文初祖”。

黄帝出生时就与众不同，机敏聪慧。黄帝十五岁的时候，众人推举他为轩辕部落的首领。黄帝是一位很称职的首领，不仅推行田亩制、制定官职制度、编订历法，还带领他的属下创造文字、种树养蚕、纺织制衣、冶炼青铜、制作指南车、推广医药，又发明了鼓、箫、笙等乐器，为百姓做了很多好事，使人们的生活水平得到很大提高。

当时的华夏部落联盟首领是炎帝，可在炎帝统治的后期，各部落不服从炎帝的命令，互相征伐。黄帝在诸多神仙、瑞兽的帮助之下，通过阪泉之战与涿鹿之战，先后打败了炎帝的部落和蚩尤的部落，统一了华夏各部落。黄帝又在泰山之巅举行封禅仪式，祭祀天地，令天下诸多部落都来参加，宣告华夏民族的统一。

田亩制

以步丈亩，划分土地，在田地间画出一个“井”字形，中间的土地属于国家公有，四周的土地属于百姓私有。

封禅

“封”意为祭天，“禅”意为祭地，封禅是古代帝王祭祀天地的大型典礼，一般在泰山上举行。

指南车

传说蚩尤在与黄帝作战时，用神力招来大雾，于是黄帝建造了指南车，为士兵指路。

谈古论今

黄帝一统华夏部落的故事，反映了中华民族追求民族融合的现实诉求。黄帝在位期间，原始农业不断发展，使本部落迅速壮大，最后整合了华夏民族。

神话漫谈

黄帝在位时期，上古相对兴盛。黄帝和其下属以智慧与毅力首开先河，催发民智。黄帝是中华民族物质文明与精神文明的开创者。

中国古代神话故事

炎黄合流

华夏民族为何自称“炎黄子孙”？炎帝和黄帝之间发生过什么故事？

阪（bǎn）泉之战后，炎帝和黄帝率领的部落合并，这就是华夏民族的雏形。

炎帝
黄帝

黄帝的部落发展得越来越好，人越来越多，领地不断扩张。黄帝的部落想要得到更多的土地和水源，不可避免地触碰到了炎帝部落的利益，双方产生了争执。为了争夺领导权和赖以生存的土地与水，黄帝和炎帝的部落在名为阪泉的地方发生了战争。

据传说，炎帝先发制人，用火围攻黄帝的军队，黄帝也不甘示弱，以熊、狼、豹、虎等猛兽作为先锋，又以雕、鹰、鸢等飞禽作为旗帜，率领手下的士兵发起进攻。炎帝和黄帝在阪泉进行了三场大规模的战役，很多人失去了宝贵的生命。

最后，黄帝取得了阪泉之战的胜利。黄帝对炎帝说："我一直都很仰慕您，为了避免战争，我们为什么不能一起携手呢？"炎帝大受感动，十分佩服黄帝的胸襟，便将自己的部落交给黄帝管理。从此，炎黄两个部落合二为一，永远不再征战。

谈古论今

直到今天，人们依旧用“炎黄子孙”代指华夏民族，“炎黄”二字指的就是炎帝和黄帝。阪泉之战后，黄帝部落和炎帝部落合并，炎黄部落成为华夏民族的共同祖先。

神话漫谈

阪泉之战在中华文明史上有着重要地位，这场战争确立了黄帝在中原部落联盟中的首领地位。炎黄部落联盟后，实力迅速壮大，这为后续的华夏民族大一统奠定了基础。

涿鹿之战

炎黄部落合并之后，中原地区迎来了短暂的安宁。但是很快，战争又来了。

九黎部落在蚩尤的率领下进入中原地区，打破了中原地区的安宁。最终，黄帝成功打败了蚩尤。

应龙
长有两翼的神龙，善于蓄水行雨，神力无双，代表着祥瑞。
黄帝
盾
古人用来防护身体、遮挡刀剑的武器，一般是方形或圆形的，内面有把手，材质为木、皮、金属等。

上古时代有个名为九黎的部落，首领是蚩尤。蚩尤有八十一个同族兄弟，个个铜头铁额，兽身人语。他们善于制造各种兵器，比如锋利的矛、坚固的盾、巨大的斧头等。九黎部落在扩张时与炎帝部落发生冲突，将炎帝部落打得落花流水。炎帝便向黄帝求助，于是炎黄部落联合起来共同抗敌。

黄帝与蚩尤的战争持续了很久，决战进行于涿鹿之野。蚩尤驱赶野兽作为前锋，而黄帝用“夔”（kuí）的皮制成声音响亮的鼓，吓跑了野兽。蚩尤又从鼻孔里喷出浓雾，遮盖住了天地，黄帝的大臣风后造出了指南车，带领大家冲破了迷雾。黄帝得到了应龙的帮助，招来大水，想要淹没蚩尤的军队，可蚩尤也请来了风伯、雨师，招来了狂风骤雨，以对付应龙，黄帝又请来了旱神女魃，成功阻止了大雨。黄帝和蚩尤之间的战争僵持不下，双方厮杀得非常激烈，很多士兵在战争中死去。最终，黄帝得到九天玄女传授的兵法，取得了胜利。

矛

古代进攻、杀敌的兵器。古人将石头、青铜、铁等制成的枪头装在长杆的一端，用以杀敌。

谈古论今

相比于炎黄合流的阪泉之战，涿鹿之战要惨烈许多。涿鹿之战后，华夏民族开始从上古时代向文明时代转变。炎黄部落融合九黎部落，实现了华夏民族的统一，从此开启了中华文明的辉煌历史。

神话漫谈

涿鹿之战后，蚩尤战败，黄帝的部落盟主地位得以确认。但是，仍然有很多部落不服黄帝的领导，因此黄帝不得不安抚这些部落，一种说法是，黄帝任命蚩尤为“战神”，各个部落才安稳下来，不再多事。另一种说法是，黄帝杀死了蚩尤，才震慑了各个部落。

中国古代神话故事

神农尝百草

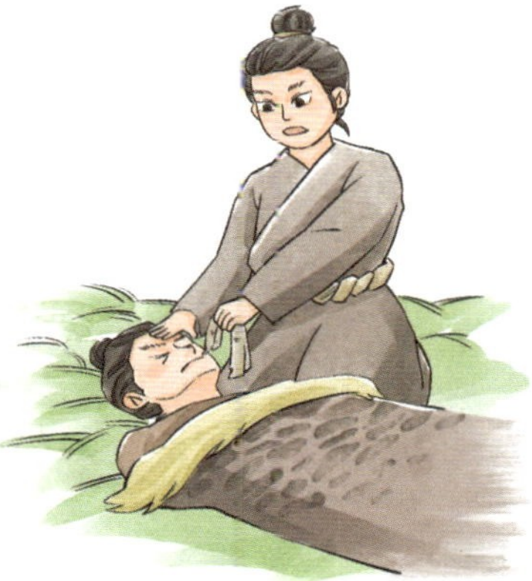

上古时代，人们生病了就只能自愈或者等死。于是，神农氏分辨各种草药来给人们治病。

神农氏是医学始祖，他亲尝草药，寻找治病救人的办法。

在上古时期，人们没有治病的药，一旦生了病，就只能等着自愈或者被各种各样的病痛折磨而死。炎黄部落合并后，炎帝神农氏将部落交给黄帝领导，自己离开了居住之所，去寻找治疗病痛的药物。据说神农氏有一根神奇的鞭子，名为赭（zhě）鞭，赭鞭可以分辨植物草木的特点，神农氏用赭鞭鞭打百草，能使花草的药、毒、寒、热等特性显露出来，这样，神农氏就可以知道草木的作用了。

据说，神农氏的肚皮是透明的，他知道草药的作用后，就会亲自品尝草药，观察草药在肚子里的变化，了解各种草药的具体作用，判断草药可以治什么病。神农氏尝百草的时候，曾经一天中了七十二次毒，幸好有一种叫作“茶”的植物可以解毒。后来，神农氏尝了一种名为断肠草的植物后，腹痛难忍，服用“茶”也没能缓解，因此不幸去世了。

赭鞭

神话传说中的神器，是炎帝神农氏用来检验百草药性的鞭子。

茶
常绿木本植物，叶子呈椭圆形，可作饮品，能生津止渴、清热解毒。
神农

谈古论今

炎帝神农氏的部落发展原始农业后，在食用植物时会更加注意了解植物的特性，积累草药知识，形成医药概念。当他们发现某些植物可以用来治疗疾病时，就开始了医学的探索。

神话漫谈

神农氏尝遍百草，为人们找到了治病的药物，最后献出了自己的生命。从神农氏尝百草的神话故事中我们可以看到，上古时期人们的生活条件十分恶劣，小小的疾病都会严重威胁人们的生命安全，华夏先民为了生存历经了无数艰辛和危险。

夸父逐日

太阳时刻散发着光和热。那么，太阳距离我们到底有多远？

上古时期有一个叫夸父的巨人，他决定追赶太阳，于是迈开长腿向西奔去。

上古时期，在北方的大荒中，有一座巍峨的高山，山上住着一群巨人，这些巨人是神灵后土的后代，他们的首领名为夸父。有一年，天气非常炎热，火辣辣的阳光晒干了大地，烤死了动物，晒焦了树木，使河流干枯。夸父对族人说：“我想去追逐太阳，将太阳捉住，让它不再蒸烤大地。”

第二天，太阳刚从东方升起时，夸父就踏上了逐日的征程。夸父跑了很久，眼看就要在太阳落山的地方追上太阳，可是太阳的热量太大了，夸父又渴又累。于是，夸父一口气喝干了黄河和渭河的水，但仍不解渴，夸父想起北方有一个大湖，湖里有许多水，于是他决心去大湖喝水，可惜，夸父在半路上就被渴死了。

夸父临死时，用力将手中的木杖抛出，木杖落在地上，竟然变成了一大片茂盛的桃树林。这片郁郁葱葱的桃树林为往来的人们遮蔽阳光，提供阴凉，桃树结出的桃子甜美可口，还可以给行人解渴。

黄河

中国第二长河，中华文明最主要的发源地，华夏民族的“母亲河”。

桃树
落叶小乔木，小枝光滑，叶子长圆披针形，花单生，粉红色。果实呈球形，甜美多汁。
夸父

谈古论今

夸父逐日是上古时代人与自然关系的一个缩影。夸父追逐太阳，为此付出努力，甚至献出生命，这体现了华夏先民探索自然、征服自然的勇气。虽然夸父失败了，但他的英雄气概一直被人们传为佳话。

神话漫谈

夸父勇敢坚定、不怕牺牲、奋勇向前，一心要追逐太阳，与自然灾害做斗争。夸父虽然没有追上太阳，但是他的精神永存，正是因为有许多像夸父一样追逐太阳的人，人类文明才会不断进步发展。

绝地天通

据传说，在上古时期，天和地是没有界限的。天上的神灵可以偷偷下凡，人类也可以上天。

颛顼（zhuān xū）是黄帝的后代，他见恶神经常下凡扰乱人间，就派人隔绝了天地，不许神和凡人随便来往。

颛顼是黄帝的后代，后来继承了黄帝的位置。颛顼颇有神力，曾经用剑制伏了在黄河危害百姓的恶神，庇佑了善良的人们。

在上古时期，天和地之间是有道路相通的。天神可以随意下凡，人也可以随时到天上去，可是，天上的恶神常偷溜到人间作恶，很多人上天游玩时对天神也不够敬畏。为了解决这个问题，颛顼决定将天和地隔绝开来。

经过深思熟虑之后，颛顼派出了重和黎两个人，命令他们把连接天地的通路阻断，重和黎力大无穷，重负责托举天，黎负责按压地。在两人的努力之下，天和地的距离越来越远了，重和黎见天和地的距离已经很远，远到天上和人间不能随意相通才罢手。天上和人间就这样被隔绝了，颛顼命令重管理天，黎管理地，自此，天上神仙与地上百姓各处一方，互不干扰。

剑

古代兵器，长条形，一端尖，两边有刃，安有短柄，剑刃锋利。

谈古论今

颛顼隔绝天地这一事件被后人称为“绝地天通”。在此之前，天上的神仙和地上的凡人可以相互往来，却争执不断，于是，颛顼派人隔绝了天地。从此，神仙在天上居住，不能常来凡间，干涉凡间之事。

神话漫谈

连接天地的道路被阻断之后，神和人分开，天地也有了秩序。但是，地上的人们不能再上天了，天上的神仙却能偶尔私下凡间，要不然，后世怎么会有那么多人神相恋的传说呢？

中国古代神话故事

共工怒触不周山

太阳东升西落，江河东流入海。这一切，都要从共工撞上一座山说起。

共工是炎帝的后代。他和颛顼争夺首领之位，撞断了不周山。

炎帝有一个后代，名叫共工，共工天生神力，能掌控水。共工想要发展水利，筑堤蓄水。但是，当时是黄帝的继承人颛顼治世的时代，颛顼不同意共工的举措，共工因此十分不满，便率领自己的部落反叛，争夺帝位。

共工与颛顼的人马争斗了很久，双方辗转厮杀到了西北方的不周山下。共工终究不敌颛顼，眼看就要战败了，他在绝望中发出了愤怒的呐喊，同时朝不周山拼命撞去。

共工用力撞在了不周山上，只听一声巨响，不周山竟然被拦腰折断，轰然倒塌。只见天地巨变，狂风大作，日月无光。原来，共工撞断的不周山是支撑天地的柱子，不周山倒塌后，天地没有了支撑，大地向东南塌陷，天空向西北倾斜。从此，天上的太阳、星辰只能东升西落，地上的江河之水只能奔腾向东。

共工
不周山
传说中的撑天支柱，
终年寒冷，长年飘雪。

谈古论今

华夏民族有一种传统的宇宙观点，即盖天说。盖天说认为，天如同巨大的圆形屋顶，地是一块巨大的方形土地，天覆盖在地上，天地之间有柱子支撑。在共工怒触不周山的神话中，共工撞断了撑天的支柱，这正是盖天说的一种体现。

神话漫谈

共工是炎帝的后裔，颛顼则是黄帝的后裔，二人意见不合，矛盾重重，最终引发了战争，甚至撞断了撑天的柱子，引起天地大变。某种程度上，共工与颛顼之争可以看作是炎黄之战的延续。有的传说尊共工为“水神”，欣赏他敢于斗争的勇气，也有人认为共工为了一己之私，祸乱天地。

女娲补天

共工怒触不周山之后，天地的支柱不周山断了，天塌地陷。

女娲决定出手拯救自己创造的人类，用五色石修补破损的天地。

女娲
鳌
传说中海里的大龟或大鳖。

天用的神石
黄、青、

共工怒触不周山之后，天塌地陷：天空露出了一个个大窟窿，许多怪兽飞入人间吞吃人类；地面出现一条条大裂缝，洪水从中奔涌而出，淹没房屋和土地；山林中燃起熊熊烈火，人类陷入水深火热之中。女娲见自己创造出的人类受苦受难，心痛极了，决心修补天地，拯救苍生。

女娲走遍江河，收集五色石，用神火炼了九天九夜，将五色石炼成石浆，然后将石浆灌入天上的窟窿，女娲耗费无数精力，终于修补好了天。女娲又杀死一只巨鳌，将巨鳌的四只脚竖立在东西南北四个方向，支撑天地。她还带领民众将芦草烧制成灰，填满大地上的裂缝，平息洪水。而后，女娲见许多怪兽在人间作恶，便出手杀死这些怪兽，还人间一个太平。女娲补天后，天地之间终于恢复了正常的秩序，华夏子民又继续在人间繁衍生息。

谈古论今

华夏先民饱受水患困扰，治水是历朝历代的大事，女娲补天所用的五色石可能就是华夏先民治水的石头材料。从女娲补天的神话中我们可以领略母系氏族社会人类在女性首领的带领下，与天地争锋，与自然灾害抗争，努力治理洪水的历史。

神话漫谈

通过女娲补天的神话，我们可以看到一幅上古人类经历大灾难后进行社会重建的画面，这其中蕴含着华夏民族历经艰险却依然坚强不屈的民族精神。

中国古代神话故事

文明初生

ZHONGGUO GUDAI SHENHUA GUSHI

闫飞·编
棒棒堂·绘

SPM 南方传媒 | 广东人民出版社
·广州·

图书在版编目（CIP）数据

中国古代神话故事 / 闫飞编. — 广州：广东人民出版社，2023.4

ISBN 978-7-218-16417-5

Ⅰ. ①中… Ⅱ. ①闫… Ⅲ. ①神话—作品集—中国—古代 Ⅳ. ① I276.5

中国版本图书馆 CIP 数据核字（2022）第 253181 号

ZHONGGUO GUDAI SHENHUA GUSHI

中国古代神话故事

闫 飞 编

出 版 人： 肖风华

责任编辑： 马妮璐
责任技编： 吴彦斌 周星奎
装帧设计： 棒棒堂

出版发行： 广东人民出版社
地 址： 广东省广州市越秀区大沙头四马路 10 号（邮政编码：510199）
电 话：（020）85716809（总编室）
传 真：（020）83289585
网 址： http://www.gdpph.com
印 刷： 天津海德伟业印务有限公司
开 本： 710mm×1000mm 1/12
印 张： 20 **字 数：** 200 千
版 次： 2023 年 4 月第 1 版
印 次： 2023 年 4 月第 1 次印刷
定 价： 168.00 元（全四册）

如发现印装质量问题，影响阅读，请与出版社（020-85716849）联系调换。
售书热线：（020）85716833

中国古代神话故事

文明初生

目录

仓颉造字

上古时期，文明之火刚刚点燃，但是人类却没有记录文明的文字。

传说仓颉（jié）有双瞳四目，他创造了文字，为中华文明做出了杰出贡献。

结绳记事

上古时期人类记录事实进行传播的一种手段。它发生在语言产生以后、文字出现之前的漫长年代。

据传说，仓颉有双瞳四目，是黄帝手下的官员，非常聪慧能干。黄帝将管理牲口和食物的事情交给仓颉，他做得井井有条。那时，文字还没有出现，仓颉便使用结绳记事的方法记录不同的牲口和食物，但是经常出错。于是，仓颉想找到一种记录复杂事物的方法。

仓颉偶然看到鸟、马等动物都有不同形状的脚印，这给他很大的启发。仓颉决心创造一种符号，用不同的符号代表不同的事物。仓颉不知疲倦地观察天空的日月星宿和地上的山川河流，仔细记录花鸟鱼虫的样子和草木器具的形状，终于创造出许多含义不同的符号，仓颉将这些符号称为“字”。黄帝看了仓颉创造的文字后，大为赞赏，并支持他到各个部落推广文字。就这样，越来越多的人学会了使用文字，人们开始用文字记录事物、进行沟通、交流生活和生产经验。

谈古论今

从古至今，文字作为语言的书写符号，能够记录发生的事件，将历史和经验保存下来，再历经时间的沉淀，就能提炼出许多宝贵的知识，比如农耕技巧、冶炼方法、医药知识等。祖先的智慧通过文字的记录，就能够变成指导后人生产和生活的科学依据。

神话漫谈

仓颉造字为何惊天地、泣鬼神？这是因为文字的出现推动了人类文明的发展进程。文明使神鬼再也无法主宰人类的命运，并为人类的前进之路点亮了一盏明灯。

黄帝造车

上古时期的人们是如何出行的？又是如何搬运重物的？

传说黄帝是中原各族的共同祖先，最早的车就是黄帝发明的。

上古时期，人们的生活条件很艰苦。人们出门办事时，只能步行，如果去比较远的地方，就要走上几天几夜，脚底常常磨破。如果人们想要搬运沉重的东西，也只能手提肩扛，非常辛苦。

黄帝作为部落的首领，一直很关心部落子民的生活。有一年夏天，黄帝正在烈日炎炎下劳作，忽然一阵大风刮过，将他头上的草帽吹走了。圆形的草帽在地上滚动，黄帝在后面追着草帽跑，追了很远，他才将草帽捡了回来。

滚动的草帽给黄帝带来了灵感。黄帝想：如果制作一个架子，在架子两侧安装上可以滚动的圆形轮子，就可以搬运东西了。黄帝找来许多木材，做成了一个可以载人、载物的东西。黄帝的下属仓颉将其命名为“车”。后来，人们开始用马、牛等牲口拉车，出行更加方便了。

谈古论今

畜力车在人类文明史上占有重要地位，马车、牛车和驴车都是中国古代主要的陆路交通运输工具。随着科技的进步和社会的发展，人类的交通运输工具也越来越先进。汽车、火车、飞机等交通工具方便快捷，畜力车逐渐被淘汰。

神话漫谈

黄帝创造的车的结构相对简单，后人在此基础上不断对车进行完善，马车等畜力车就出现了。在古代，马车不仅是一种方便人们出行的交通工具，也用于战争。马车的数目和规格还能彰显一个人的身份、地位和财富。

嫘祖养蚕

上古时期，人们用兽皮和树叶蔽体，后来则用丝绸制衣。那么丝绸是如何制作出来的呢？

嫘（léi）祖是黄帝的妻子，她教人养蚕，总结缫（sāo）丝、织帛的经验。

丝绸
用蚕丝织造的纺织品，手感顺滑柔软，颜色绚丽，美如云霞。
嫘祖
蚕茧
桑蚕蛹期的保护层，一般是椭圆形的，呈白色或者淡黄色。古人将蚕茧抽丝，制成衣服。
箩筐
用竹子或柳条等编成的器具，用来盛放粮食、蔬菜等物品。

嫘祖是一位心灵手巧的女子。一天，嫘祖在桑树上发现一种名为“蚕”的虫子。蚕吃了桑叶会越长越胖，最后变成肚子里装满丝线的蚕茧。嫘祖将蚕茧按照不同的颜色分开，倒进大锅里煮，再用小木棍挑出蚕丝。她边挑边缠，最后得到很多闪光发亮的丝。嫘祖将丝纺织起来，制成了丝绸。

黄帝听闻嫘祖的事迹后，来到她的桑园。黄帝见到身穿美丽丝绸的嫘祖，惊为天人，便向嫘祖请教种桑养蚕、取丝制绸的方法。黄帝想到那些用兽皮和树叶蔽体的人终于能穿上衣服了，便对嫘祖产生崇敬之意。黄帝向嫘祖表明了自己的仰慕之情，并恳求嫘祖随他回去，向人们传授种桑养蚕的技术。嫘祖答应了，并与黄帝结为夫妻。

桑树

一种灌木，它的叶子是蚕的食物，树干可用于制作器具，枝条可用于编织箩筐，桑皮可做造纸原料。

谈古论今

丝绸拥有悠久的历史和文化内涵，是中华文明瑰宝之一。早在几千年前，丝绸就从中国古代长安（今陕西西安）运往欧洲，向世界展示了中国古老又灿烂的文明。后来，那条古代贯通中西方的商路被称为“丝绸之路”。

神话漫谈

嫘祖是一位优秀的女性，也是一位伟大的发明家，她教会人们养蚕取丝，使丝绸成为中华文明瑰宝之一。人们用美丽的丝制衣服代替了兽皮和树叶，这也是人类文明进步的象征。

宁封子制陶

陶器是古代常见的生活用品，那么陶器是谁发明的？

相传宁封子是黄帝时期的人，陶器就是由他发明的。

窑
烧制砖、瓦、陶器、瓷器的炉灶。
陶器
用黏土或陶土烧制而成的器具，是古代常见的日用品。

上古时期，洪水泛滥，人类只能居住在山上的洞穴中。当人们需要用水的时候，只能辛苦地下山取水。人们用湿润的泥土制作成泥盆装水，但泥盆易碎，水很快就流干了。有一个叫宁封的人，一天在洞中生火烤肉，无意间发现被火烘烤过的泥块质地非常坚硬，他就尝试用火来烧制泥盆。宁封尝试了许多次，终于制成了封闭性良好的陶器。黄帝得知此事后，便任命宁封为陶正，请他掌管制陶之事。

宁封烧制陶器时，遇见一位神人，神人帮他烧火，竟烧出五色烟。宁封跟随神人学习烧陶技术，得其真传。宁封烧制陶器时，经常在窑内随烟起舞。有一次，宁封架火烧陶，爬上窑顶加柴，可窑顶忽然坍塌，宁封坠入火中，人们急忙赶来营救，却见宁封已随烟上升，得道成仙后飞走了。从此宁封就成了陶神，人们尊称他为“宁封子”。

谈古论今

陶器作为中国历史上了不起的发明之一，是人们日常生活的主要用具。制陶业是中国历史悠久、发展蓬勃的传统手工业。直到今天，制陶业的从业人员依旧在祭拜“陶瓷三圣”，其中为首的就是宁封子。

神话漫谈

中国陶器的发展史很漫长，陶器是中国古代文化的重要组成部分，无数先贤不断地对制陶技术进行探索与改进。在陶器发展的道路上，如宁封子这样的先贤不顾个人安危的忘我精神更是可歌可泣。正因为有先贤们这种执着的创造精神，中国陶器才举世闻名。

英明的尧

上古时期的华夏民族部落制度松散，尧（yáo）执政后，建立了统一的制度。

尧，又称唐尧，传说中父系氏族社会后期华夏部落联盟的首领，是黄帝的后裔。

尧的父亲是华夏部落的首领帝喾（kù）。尧善良仁慈，非常有智慧。后来，尧接替父亲，成了首领。那时，华夏各部落只是分散的联合体，尧执政后，根据各部落情况建立政治制度，任命官员。

尧生活朴素，成为首领后，依然住草屋、吃野菜、穿粗布衣。尧在简陋的宫门前设置了一面“欲谏之鼓”，每当鼓声响起，尧就立刻去见敲鼓的人，认真听取民众的意见。

尧精通天文历法，他命羲（xī）氏与和氏根据四时星象制定历法，指导百姓生产。尧又命羲仲、羲叔、和仲、和叔四人根据春夏秋冬四时节令指导百姓农耕。尧知人善任，有很多贤德的人辅佐他治理天下。

尧的儿子丹朱生性顽劣，相传尧就发明围棋来教导他的儿子，希望能改变丹朱的心性，但是丹朱依旧不悔改。尧认为丹朱担不起治理天下的重任，于是外出访贤。后来，尧将首领的位置禅让给舜。

谈古论今

古人将尧在位的这段时间视为农耕文化飞速进步的时期，尧被誉为“古之圣王”，孔子、司马迁、韩愈、朱熹等人，无一不对尧赞美推崇。尧还是儒家治国理论中“修身、齐家、治国、平天下”的君主楷模。

神话漫谈

传说尧在仙洞牧马坡碰巧遇见鹿仙女，二人一见钟情，成婚之夜以山洞为房。当晚，山洞对面的山峰亮起红光，如红烛高照，为二人庆贺。这就是“洞房花烛夜”的由来。

仁厚的舜

尧的儿子不成器，于是，尧决定外出访贤，寻找首领继承人。

舜（shùn），又称虞舜，黄帝的后裔，是华夏部落联盟的首领。

舜是黄帝的后裔，传说其生有重瞳。舜小时候，他的父亲和后母对他不好，后母所生的弟弟常和他争抢东西，但是舜依旧孝敬父母，爱护弟弟，大家都觉得舜很有德行。舜在诸冯农耕，那里的百姓在舜的带领下互相礼让，和睦相处。随着尧的年龄越来越大，他想要为部落寻找继承人，“四岳”不约而同地举荐了舜。于是，尧将自己的两个女儿娥皇和女英嫁给舜，又派人考察舜的品德。为了考察舜的能力，尧还命令舜处理政务、修订文书等。

经过二十年的考察之后，尧把首领的位置禅让给舜。舜成为首领后，勤于政事，任用贤才，放逐“四凶”，使天下安定。舜效仿尧，让人们在交通要道放置“诽谤之木”，以此听取百姓的建议。舜重新修订历法，举行祭祀典礼，又到各地巡视，考察民情。舜还派禹治理洪水，使天下百姓安居乐业。

重瞳
眼睛中有两个瞳孔。传说重瞳是圣人的象征。
舜
诽谤之木
在交通要道竖立木牌，供人写谏言。

谈古论今

舜是先秦儒家推崇的君主典范。他为人厚道，孝顺父母，这种德行正是儒家的主张。舜是儒家思想的典范，也是儒家理想中的“古之圣王”，具有无穷的人格魅力。儒家代表人物孟子就曾大力赞美舜的孝行。

神话漫谈

晚年时的舜在巡视长江时去世了，他被葬在湘江边的九嶷（yí）山。娥皇和女英得知消息后，悲伤不已，双双跳入湘江，化为湘江女神。娥皇和女英的泪水洒在竹子上，形成斑点，后世称这种竹子为“湘妃竹”。

中国古代神话故事

皋陶断案

上古时期，有些人横行霸道，胡作非为。为了杜绝这种行为，法律出现了。

相传皋陶（gāo yáo）是上古时期掌管刑法的官，被后世尊为“中国司法鼻祖”。

獬豸（xiè zhì）

传说中的神兽，似麒麟，头顶长有独角，全身长黑毛，双目明亮，能辨是非曲直，能识善恶忠奸。

皋陶历经尧、舜、禹三个时代，他担任“士师”一职，负责禁令、狱讼、刑罚等。皋陶为人公正，不徇私情，传说他编纂了华夏第一部法典——《狱典》。这部法典得到了舜的认可，在华夏各部落被推广实施。皋陶创造了中国最早的原始司法制度体系，即“五刑”和“五教”。他创刑法之始，倡导“德治”与“法治”相结合。皋陶认为执法应当公平、公正，刑罚的实施需要谨慎，不能滥用。皋陶主张实施德政，他兴“五礼”、立“九德”，认为这样能提高人们的道德水平，利于促进社会和谐。

皋陶非常擅长处理刑狱诉讼之事。据说皋陶身边有神兽獬豸随行，他审理疑难案件时，常请獬豸协助。獬豸会用独角触碰犯错的人，它的独角顶了谁，谁就输掉官司。皋陶为官时，他审理的案件没有错漏的，实施的刑罚没有暴虐的。皋陶是中国司法之祖，他为舜禹时期的社会稳定做出了巨大的贡献。

谈古论今

皋陶被称为“中国司法鼻祖”，并与尧、舜、禹齐名，被尊为“上古四圣”。皋陶的法治思想是后世儒家和法家思想的源泉之一，他提倡的德法结合、民本思想、司法公正等理念，在今天仍然闪烁着智慧的光芒，被现代司法体系所借鉴。

神话漫谈

皋陶为人公正，执法严明。舜禹时期，许多重要的政治、经济、文化改革措施都有皋陶的功劳。皋陶所代表的皋陶文化对后世儒家和法家的影响深远。

中国古代神话故事

大禹治水

洪水肆虐，危害苍生，负责治水的官员都难辞其咎。

禹（yǔ）因治水有功，接受了舜的禅让，成为部落首领。

在尧统治时期，中原洪水泛滥，水灾使百姓苦不堪言。尧命令禹的父亲鲧（gǔn）治水。鲧用神土息壤在水边设置堤坝，但洪水来势凶猛，难以阻挡。在舜统治时期，禹接替父亲的职位，被任命为司空，继续治水。禹总结了父亲治水失败的经验，认为用“堵”的方式治水是不正确的。禹认为堵不如疏，应该疏通河道，让水从高处向低处自然流淌，通过人工开凿河道，将水进行分流。于是，禹带领百姓翻山越岭，开凿河道，引百川入海。神兽应龙被禹的精神感动了，下凡来帮助禹，应龙用龙尾在地上划出深深的沟壑（hè），开辟新的河道。

禹和涂山氏女娇新婚不久，就开始了艰苦的治水工作，他甚至因治水三过家门而不入。功夫不负有心人，经过禹十三年的努力，泛滥的洪水终于被导入河道，奔向大海，百姓重新过上了安稳的生活。人们为了纪念禹治水的功绩，尊称他为“大禹”，即“伟大的禹”。

谈古论今

大禹是中国历史上治理洪水的代表人物，他通过改“堵”为“疏”的治水方法，治理好了洪水。大禹治水是中华民族重要的精神图腾。大禹在治水过程中体现出的艰苦奋斗、不畏艰险的精神至今仍激励和鼓舞着我们。

神话漫谈

传说大禹和涂山氏女娇成婚后的第四天，他就匆匆踏上治水的道路。十三年来，他曾三次经过家门而没有回家，这就是“三过家门而不入”的来历。大禹这种舍小家为大家的无私奉献精神，从古至今一直被人们称颂。

大禹擒无支祁

大禹在治理洪水的过程中，降伏了很多妖魔鬼怪，其中一个叫无支祁（qí）。

淮水中的妖怪无支祁阻碍大禹治水，大禹请出神兽应龙帮忙，终于打败了无支祁。

大禹
桐柏山
淮阳山脉西段的山峰，位于中国河南省、湖北省边境地区。

大禹在治水时走遍天下山川，他曾三次经过桐柏山，可是每次到了桐柏山，那里都狂风暴雨，电闪雷鸣，无法开工治水。大禹怀疑有妖怪作乱，经多方打探得知，淮水中有一个很厉害的妖怪，名为无支祁。

无支祁是淮水水怪，熟知水路地势。它形似高大的猿猴，缩鼻高额，青躯白首，金目雪牙，力大无穷。大禹决心制伏这只妖怪，为民除害。大禹与无支祁在桐柏山交战，先后令童律、乌木等人应战，结果都被无支祁打败了。最后，大禹请出应龙帮忙，终于打败了无支祁，大禹将无支祁用铁链绑起来，镇压在淮水附近的龟山脚下。从那以后，淮水风平浪静，大禹终于可以专心地治水了。

谈古论今

唐宋时期，无支祁的传说就在民间流传。无支祁是一个很像猴子的妖怪，提起猴子，很多人会想到神话故事中最有名气的一只猴子——孙悟空。有人猜测，吴承恩《西游记》中孙悟空的原型可能就是无支祁。

神话漫谈

大禹在治水的过程中必然会与水域附近的部落接触，产生分歧，因此大禹治水遇到的困难非常多。大禹与天斗，与人斗，与妖魔鬼怪斗，因为他具有勇猛无畏的斗争精神，所以他治水成功了。

中国古代神话故事

禹铸九鼎

大禹治理洪水后，天下安定。这时，大禹有了新的想法。

大禹治理洪水后又划定九州，铸造九鼎，成为夏朝的开国君主。

大禹走遍各地，对天下的山川河流了如指掌。他历经艰难险阻，终于治水成功。舜见大禹治水有功，不仅做事有能力，还深受百姓爱戴，便将首领的位置禅让给大禹。

大禹即位时，各个部落的人都来朝见。在大家的拥护下，大禹正式登基，建立夏朝。之后，大禹在涂山召开了大会，各方首领纷纷前往涂山。涂山大会是夏朝的重要事件之一，大禹身穿正式的衣服，手握玄圭（guī），登上高台，向上天宣告自己即位，各部落的人也一齐向大禹稽（qǐ）首。自那以后，各方的人们都被大禹统治。

大禹建立夏朝后，重新将天下划为九州。涂山大会之后，为表示敬意，人们常来向大禹进献青铜。大禹思来想去，决定按照九州的方位，用青铜铸造九尊大鼎，鼎上铸着各州的山川名物、飞禽走兽。九鼎代表九州，被安放在夏朝都城，象征天下一统。

鼎

多为圆形三足或方形四足，是中国古代煮食物的器具，也用于祭祀，还是国家权力的象征。

大禹
玄圭
一种上尖下方的、黑色的玉制礼器。

谈古论今

除了治水，大禹对中华文明的贡献还有很多。在大禹建立夏朝前，原始部落联盟的社会制度还不完善，夏朝建立后，中国历史上最早的奴隶制国家出现了。

神话漫谈

大禹铸造九鼎后，九鼎就成为王权至高无上、国家统一的象征。在商代时，只有天子才能用九只鼎盛放食物，祭祀天地和祖先时也要用九鼎。后世，“鼎”也常用于借指王位和帝业，比如“问鼎中原”这一成语就被用来比喻妄图夺取天下。

玄鸟生商

　　夏朝灭亡后，商朝登上历史的舞台。据说商朝的祖先是神鸟的后代。

　　相传商的祖先是契，他的母亲在郊外吞下一个玄鸟蛋之后，就怀孕生下了契。

简狄
玄鸟
中国神话传说中的神鸟，玄即黑色，玄鸟的长相和燕子有些相似。

上古时期的黄河流域有一个部落，首领是黄帝的曾孙帝喾（kù）。帝喾有一个妃子，名为简狄。一天，简狄和妹妹在河里沐浴，突然飞过来一只玄鸟，这只玄鸟一会儿在河边飞舞，一会儿在河中戏水。

玄鸟飞走后，简狄和妹妹发现岸边有一个小巧的蛋。简狄捡起了这个蛋，本想收藏起来，又怕妹妹来争，就将蛋含在嘴中，结果不小心吞进肚中。没过多久，简狄发现自己怀孕了，之后生下一个男孩，取名为契。

契长大后，协助大禹治水有功，当时的首领舜便将商地封给契。在契的治理下，商地逐渐发展为部落，契成为传说中商族的始祖。契是一位很有能力的首领，他革新历法，观测星辰，推测气象，指导人们耕种。契治理商地有方，深受百姓的爱戴。

谈古论今

《诗经·商颂·玄鸟》有言：“天命玄鸟，降而生商。”这说明玄鸟生商的神话故事在商周时期就广泛流传，商族子孙认为他们的祖先是受上天的命令，托玄鸟而生的。

神话漫谈

商族是华夏文明的重要奠基者之一，商文化历史悠久。商族是以鸟为图腾的部族，玄鸟生商正是商文化中对鸟图腾崇拜的一种体现。商部落的人们希望玄鸟能保佑部落平安，带给他们强大的力量。

后稷耕种

后稷（jì）是传说中周族的始祖，他的诞生很有传奇色彩。

后稷身世离奇，曾三次被母亲抛弃，但成人后的后稷是一位贤能之人。他教民耕种，使天下百姓受益。

姜嫄
菽
中国传统的农作物之一，是豆类的总称。

后稷姓姬，名弃，出生在稷山。后稷的母亲叫姜嫄（yuán），是黄帝曾孙帝喾的妻子。传说有一天，姜嫄在郊外游玩，看见一个巨大的脚印，好奇心驱使她踩了上去，回家后，她竟怀孕了。十个月之后，姜嫄生下一个男婴。姜嫄认为这个婴儿来历奇怪，怀疑他可能是妖怪，就将他抛弃在路边，可过往的牛马都避让这个男婴，不敢踩到他。见此情景，姜嫄便将婴儿带回了家。后来，姜嫄又想将婴儿扔进山林中，可她在山林中遇见了很多人，没有丢弃成功。第三次，姜嫄将婴儿放到结冰的河面上，忽然飞来一只大鸟，用自己的羽翼将婴儿盖住，为他取暖。姜嫄觉得这孩子很神奇，决定将其养育成人。因为一直想抛弃他，所以给他起名为“弃”。

弃小时候不喜欢玩闹，经常在田地里种麻、菽（shū）等植物。成人后的弃特别擅长农事，能分辨田地土质的好坏，分析出谷物产量的高低，还教百姓种地的方法。当时的首领尧听说后，封弃为农师，将弃封在邰（tái），号称后稷，后稷是周族的祖先。

麻

亚麻、大麻等植物的统称。

谈古论今

后稷的事迹在西周时期就广为流传。《诗经·大雅·生民》中详细地记载了后稷在农业种植方面的才能，如“诞后稷之穑（sè），有相之道”等。在一些神话故事中，后稷更是被称为农神。

神话漫谈

在上古时期，很多人都吃不饱饭，饥饿严重威胁着人类的生存。都说“民以食为天”，在那个时代，能让人吃饱饭的人便是对天下有功之人，后稷就是这样的人。

鲁班借龙宫

木工是一种古老的职业，从事这个职业的人被称为木匠。你知道木匠的祖师爷是谁吗？

鲁班是木匠的祖师爷，他手艺高超，据说就连龙王都十分佩服他。

鲁班心灵手巧，木工手艺天下闻名。木匠们用的工具，如钻、刨（bào）子、铲子、曲尺、画线用的墨斗，据说都是鲁班发明的。

鲁班想给百姓建造漂亮的房屋。相传他听闻东海龙宫富丽堂皇，便来到东海，向龙王提出请求，想借龙宫一用。龙王答应将龙宫借给鲁班，不过只能借三天。龙宫画栋雕梁、飞檐斗拱，用珊瑚和水藻来装饰，非常美丽。鲁班带着徒弟模仿龙宫的模样建造房屋，三天的期限转眼就到了，鲁班和徒弟们只建造好了房屋的主干，细节还未装饰。鲁班左思右想，终于想出了办法，他吩咐徒弟们用木桩将龙宫钉在地上。到了晚上，东海龙王派小龙和鲤鱼来搬龙宫，但是龙宫已经被钉在地上，无法搬动。小龙焦躁地在屋顶爬来爬去，鲤鱼也着急地跳起来用尾巴拍门。转眼日出东方，在阳光的照射下，温度越来越高，小龙趴在屋檐上不动了，鲤鱼也粘在了门上。鲁班和徒弟们见龙宫没有被搬走，非常高兴。他们见小龙和鲤鱼将房子装点得很漂亮，就用泥塑出龙的形状装饰屋檐，用黄铜塑成鲤鱼形状做成门环，这样建造出的房子漂亮极了。

屋檐
屋顶前后坡的边缘部分，又称房檐。
门环
房屋大门上的拉手，用来叩门。
鲁班

谈古论今

鲁班是中国古代劳动人民智慧和勤劳的代表人物。他在生产实践中得到启发，发明了多种木匠工具，提高了工匠们的劳动效率，被尊为“中国工匠祖师”。今天，人们也一直在歌颂这位名师巨匠 。

神话漫谈

鲁班精通各种木匠工具。后来有贬义成语“班门弄斧”，指有人在鲁班门前摆弄斧子，比喻在行家面前卖弄本领，不自量力。“班门弄斧”这个成语也从侧面反映了鲁班工匠技艺的高超。

紫气东来

春秋末期，天下大乱。周王朝的一位官员悄悄辞官归隐。

他是道家创始人老子，他决定辞官隐居。当他骑牛西出函谷关时，竟有紫气从东而来。

老子，姓李，名耳，字聃（dān），春秋末期人。老子曾在周朝为官，主管图书典籍、礼器祭祀。老子学识渊博，众人皆知，孔子也曾向他请教礼仪方面的知识。老子七十多岁时，周朝政局动荡，诸侯争霸，天下大乱。老子预感到天下从此不得安宁，决定辞官归隐。老子骑着青牛，离开洛阳，一路向西，打算西出函谷关，寻找清净的地方隐居。

函谷关的长官名为尹喜，尹喜见东方紫气如云般聚集，浩浩荡荡，绵延三百里，滚滚如龙，便猜测是有圣人要从此经过。果

《道德经》

春秋时期老子的作品，阐述了道家的宇宙观、社会政治思想、人生修养和处理之道等，是道家思想的重要来源，影响深远。

周王朝

中国历史上的奴隶制王朝，由周武王姬发创建，分为西周和东周两个时期。

然，尹喜看见老子骑着青牛，伴着紫气而来。尹喜热情地招待老子，他得知老子要西出函谷关，辞官归隐后，觉得非常可惜，于是恳切地向老子请教，求老子著书立说。

老子见尹喜很诚恳，就在函谷关停留了一段时间，写下一篇文章，正是流传后世的《道德经》。老子写完书，就骑着青牛走了。

相传老子在景室山潜心修炼，后来得道成仙。

谈古论今

老子主张道法自然，喜爱古朴、平淡之风，这一思想也影响了一代又一代的中国人。中国文人多追求淡泊、宁静的情怀与境界，喜爱恬淡、质朴的事物，不喜奢侈靡费。

神话漫谈

《道德经》提出了以“道”为天地万物的本原或法则的思想，内容深奥，影响深远。历朝历代常有人注解《道德经》，例如唐朝皇帝唐玄宗就曾亲自为《道德经》作注，认为《道德经》是诸经之首。

中国古代神话故事

仙神志异

ZHONGGUO GUDAI SHENHUA GUSHI

闫飞·编
捧捧堂·绘

SPM 南方传媒 广东人民出版社
·广州·

图书在版编目（CIP）数据

中国古代神话故事 / 闫飞编. — 广州：广东人民出版社，2023.4
ISBN 978-7-218-16417-5

Ⅰ. ①中… Ⅱ. ①闫… Ⅲ. ①神话—作品集—中国—古代 Ⅳ. ①I276.5

中国版本图书馆 CIP 数据核字（2022）第 253181 号

ZHONGGUO GUDAI SHENHUA GUSHI
中国古代神话故事
闫 飞 编

出 版 人：肖风华

责任编辑：马妮璐
责任技编：吴彦斌 周星奎
装帧设计：棒棒堂

出版发行：广东人民出版社
地 址：广东省广州市越秀区大沙头四马路 10 号（邮政编码：510199）
电 话：（020）85716809（总编室）
传 真：（020）83289585
网 址：http://www.gdpph.com
印 刷：天津海德伟业印务有限公司
开 本：710mm×1000mm 1/12
印 张：20 **字 数**：200 千
版 次：2023 年 4 月第 1 版
印 次：2023 年 4 月第 1 次印刷
定 价：168.00 元（全四册）

如发现印装质量问题，影响阅读，请与出版社（020-85716849）联系调换。
售书热线：（020）85716833

仙神志异

中国古代神话故事

目录

羿射九日

相传上古时期尧在位时，突然有一天，原本温暖的天气变得酷烈难熬，因为天上竟然出现了十个太阳。

羿擅长射箭。十日横空，他挺身而出，射下九个太阳，拯救了百姓。

金乌
神话中能化身为太阳的神鸟，形似乌鸦，有三足。
扶桑神树
神话中在东海汤谷边生长的神树，据说此树顶天立地，不畏火烧，是太阳栖息的场所。

传说太阳的本体是金乌神鸟，它们是天神帝俊与天后羲和的孩子。金乌一共有十只，它们的家在东海的扶桑神树上，十只金乌每天轮流出门，化身太阳飞上天空。一天，金乌们厌倦了十天才能出去一次的生活，便一起飞了出去，于是天空中同时出现了十个太阳。十日横空给人间带来巨大的灾难，水源枯竭，土地干旱，农作物枯萎，山林起火，民不聊生。

尧为了解除百姓的痛苦，派英勇善战的羿去惩治这些金乌。羿拿出弓箭，向天空中的太阳射去，羿箭无虚发，射中了九个太阳，只留下一个太阳。天气又变得凉爽、舒适，人们又能正常地劳动与生活了。人们将勇射九日的羿视为英雄。

谈古论今

“金乌”是太阳的别称，唐代诗人韩愈曾用“金乌海底初飞来”来形容太阳从海上升起。金乌从东海飞起，向西方自由地飞去，这是古人对日出东方、日落西方的直观印象。

神话漫谈

华夏先民在生存与发展的过程中，与无数自然灾害抗争。在这个过程中，涌现出许多可歌可泣的英雄人物，羿就是其中之一。他上射九日，下杀猛兽，拯救百姓，其英雄壮举为后人称赞。

嫦娥奔月

有一天，一个美丽的女子突然朝着天空上的月亮飞去，为什么呢？

嫦娥是羿的妻子。一天，羿拿回了一粒仙丹，别有用心之人知道此事后，心生歹意。

羿射九日后，又为百姓除掉了许多猛兽，深得众人的敬佩。许多人拜羿为师，学习武艺，其中有个叫逄（páng）蒙的人，狡猾又贪婪。

羿的妻子名为嫦娥，她善良又美丽。有一天，西王母送给羿一粒仙丹。人吃了这粒仙丹，就能长生不老，飞天成仙。但是，仙丹只有一粒，羿与嫦娥感情深厚，不愿意独自成仙，于是，两人决定将仙丹藏起来。这件事被逄蒙知道了，他非常想得到这粒仙丹。八月十五的晚上，羿外出后，逄蒙便闯进羿家里，逼嫦娥把仙丹交出来，嫦娥被逼无奈，只好吞下了仙丹。嫦娥吃了仙丹后，身体变轻了，竟飞了起来，她越飞越高，一直飞到了月亮上。羿外出回来，得知了事情的经过，悲痛万分。羿抬头望去，只见皓月当空，嫦娥在月亮上与玉兔为伴，深情地望着自己。

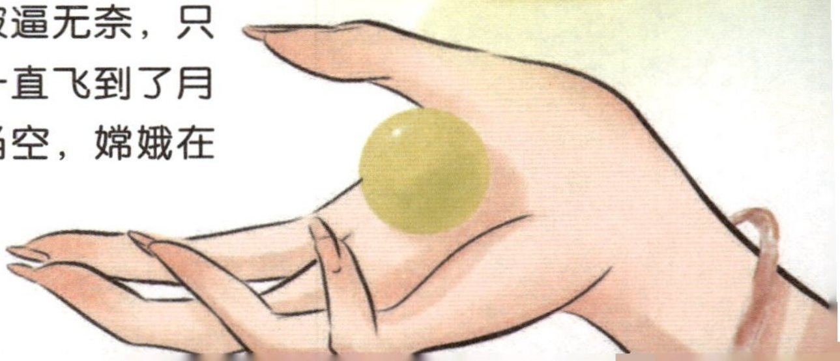

西王母
昆仑山上的女神，是“西华至妙之气”所化，能调和阴阳，召唤万灵，统领天下女仙。
西王母

谈古论今

华夏先民凝望月亮，幻想着像嫦娥一样飞到月亮上。数千年后的今天，我们已经将幻想变成了现实。中国月球探测工程中的第一颗月球探测卫星名为“嫦娥一号”，首辆登月的月球车名为“玉兔号”，这就是中国式的浪漫情怀。

神话漫谈

每年农历八月十五这一天是中国百姓阖家团圆的节日——中秋节。中秋节有吃月饼和拜月的习俗，据说这和嫦娥有关。嫦娥奔月后，羿思念妻子，就用甜食和鲜果遥祭嫦娥，后来，人们纷纷效仿，就有了中秋拜月的习俗。

中国古代神话故事

大闹天宫

在神话故事中，最有名的一只猴子就是孙悟空。

孙悟空是一只神通广大的猴子，他曾经提着金箍棒，冲上天庭，大闹天宫。

在东胜神洲的花果山上，有一只石猴，他拜须菩提祖师为师，得名孙悟空。孙悟空因为没有趁手的兵器，便闯进东海龙宫取得了如意金箍棒，而后又大闹地府，将自己的名字从生死簿中划去。龙王和阎王无奈之下去天庭告状，玉皇大帝只好将孙悟空招安，封为“弼马温”。

后来，孙悟空得知此官只是一个养马的小官，大怒之下回了花果山，自称为“齐天大圣”。玉皇大帝派李靖带领天兵天将捉拿孙悟空，结果失败了，他只得封孙悟空为“齐天大圣”，让他管理蟠桃园。然而，王母娘娘开蟠桃会时，没有邀请孙悟空，孙悟空一怒，搅乱了蟠桃会。天庭再次派兵捉拿孙悟空，太上老君暗中出手，协助二郎神将孙悟空擒下。太上老君将孙悟空放进八卦炉里煅烧，却为孙悟空炼出了火眼金睛。孙悟空推翻八卦炉，大闹天宫。玉皇大帝实在无奈，求助如来佛祖，这才将孙悟空压在五行山下。

金箍棒
孙悟空的兵器，重一万三千五百斤，能粗能细，威力无穷。
孙悟空

谈古论今

神话的来源有很多，除了上古神话、宗教神话、民间传说之外，文学神话也是其中重要的一类。“大闹天宫”出自《西游记》，是明代吴承恩创作的长篇神话小说中的知名章节。

神话漫谈

孙悟空的形象在唐代就已出现，在明代吴承恩笔下集大成。这是一个活泼聪明、神通广大、疾恶如仇的形象。孙悟空怒而反天、大闹天宫的事迹体现了他不畏权势、敢于反抗、追求自由的精神。

三打白骨精

孙悟空大闹天宫后，被压在五行山下五百年。后来，他跟随唐僧去西天取经。

在取经路上，唐僧师徒遇见许多妖魔鬼怪。这一次，他们遇见了白骨精。

孙悟空在保护唐僧去西天取经的路上，遇见善于变化成他人模样的妖怪——白骨精。师徒四人在山脚下休息，孙悟空去寻找食物，猪八戒和沙僧保护唐僧安全。白骨精想吃唐僧肉，便化身为年轻貌美的村姑，拎了一罐斋饭送给唐僧。猪八戒接过罐子，刚要吃，正巧孙悟空归来，火眼金睛的神通使他认出这个村姑是一个妖精，便一棒子将她打死。白骨精见状，就化为青烟逃走了。唐僧以为孙悟空滥杀无辜，很生气，孙悟空便打开村姑带来的罐子，里面都是毒虫，唐僧见此才勉强相信他。

师徒几人继续赶路，山坡下走来一个拄着拐杖的老奶奶。孙悟空见又是那妖精，二话不说，又是当头一棒，白骨精又逃走了。唐僧认为孙悟空打死了人，气得念起了紧箍咒，孙悟空百般解释，唐僧依旧不相信。白骨精不甘心，又变作白发老公公。孙悟空先藏起金箍棒，以迷惑对方，当他走到那老公公面前时，挥起金箍棒便打，这次终于打死了妖精。妖怪化作一堆骷髅，脊梁上写着“白骨夫人”，唐僧这才知晓自己错怪了孙悟空。

白骨精

谈古论今

吴承恩创作的《西游记》为我们贡献了很多耳熟能详的经典故事，《三打白骨精》就是其中很著名的一个。在唐僧师徒去西天取经路上遇到的妖怪中，白骨精的法力并不是很强，但是白骨精善于伪装欺骗，险些离间师徒关系。

神话漫谈

白骨精为了吃唐僧肉，乔装变身三次欺骗唐僧，幸亏孙悟空火眼金睛，识破了白骨精的伪装。孙悟空除恶务尽、任劳任怨、行事果断的作风在这个故事中体现得淋漓尽致。

句芒送春

在神话传说中，有几位神仙掌管春夏秋冬，而送来春天的正是春神句（gōu）芒。

句芒是一位代表春天、草木、生命等事物的神仙，被人们称为“春神”。

一年有春、夏、秋、冬四个季节，据说分别由四位神仙掌管：掌管春天的是春神句芒，掌管夏天的是夏神祝融，掌管秋天的是秋神蓐（rù）收，掌管冬天的是冬神玄冥。句芒身为春神，每年为人间送来春天，他的神力无穷。金乌（太阳）每天清晨从扶桑树上升起，而那棵巨大的扶桑树，就是句芒掌管的。

句芒还掌管草木的生长，保佑人们春耕。每到春天，句芒就会监督百姓犁地翻土，春耕播种。耕牛在冬天一直休息，春天开始时就很懒惰，句芒得知此事后，就用泥土做了泥牛，让人们用鞭子抽打。耕牛看到泥牛挨打了，吓得赶紧起来干活。人们知道后便纷纷效仿，从此，“鞭春牛”就成了立春时的一个仪式。

耕牛
耕地用的牛，是古代农业生产中非常重要的牲畜，常见的品种有水牛和黄牛。
句芒

谈古论今

在古代农业社会，代表春天到来与春耕开始的句芒扮演着非常重要的角色。神话流传的过程中，句芒的形象并不完全相同。有人说句芒是鸟身人面，坐骑是两条龙；还有人说句芒是一个手执柳鞭、骑着牛的人。

神话漫谈

一年之计在于春，立春是很重要的节日。立春时节，人们要祭祀春神句芒，祈求新的一年能够顺利播种。春神句芒象征的蓬勃生命正是劳动人民对春天的美好祈盼。

哪吒闹海

在神话故事中，东海龙王三太子在东海兴风作浪，欺凌百姓。

哪吒见龙王三太子危害百姓，怒而出手，打死了他，却引来东海龙王的报复。

在神魔小说《封神演义》中，记载着这样一个故事：托塔天王李靖在担任陈塘关总兵时，他的妻子怀孕了，之后诞下一个肉球。李靖认为这肉球是不祥之物，于是一剑将其劈开，没想到，从肉球里蹦出一个手套乾坤圈、腰围混天绫的小娃娃，李靖为这个男童起名为哪吒。哪吒天生神异，自幼习武。一次，他在东海边游玩，遇见巡海夜叉和东海龙王三太子敖丙在东海兴风作浪，伤害百姓。哪吒决定为民除害，他打死了夜叉与敖丙，又抽了敖丙的龙筋。东海龙王得知自己的儿子被哪吒杀死，勃然大怒，向李靖问罪，并招来洪水，水淹陈塘关。

哪吒不愿意牵连父母与陈塘关的百姓，他便剔骨还父、削肉还母。仙师太乙真人闻讯赶来，用莲花为哪吒重塑肉身，传授哪吒“三头八臂”的神通，又送给他很多厉害的法宝。哪吒借助莲花重生之后，认真修行学艺，后来大闹东海，砸了龙宫，捉了龙王，为民除害。

哪吒
乾坤圈
金黄色的圆环，用来攻击敌人，可随意变化大小，威力很大，是哪吒的法宝。
混天绫
七尺长的红绫，能束缚、捆绑敌人，可随意变长变短，是哪吒的法宝。

谈古论今

哪吒的故事最初见于《三教搜神大全》，在《西游记》《封神演义》等作品中也有记载。从古至今，哪吒闹海的故事都广泛流传，在现代还通过众多影视作品传播，深受人们的喜欢。

神话漫谈

哪吒闹海、勇斗恶龙的故事十分经典。在古代，水害始终威胁着百姓生活，人们对造成水害的龙王心怀愤恨，哪吒这样一个英雄形象正寄托着人们对救世济民的英雄壮举的遐思。

二郎神的传说

神话中，有一位威风凛凛、英勇善战的神仙，名为“二郎神”。

二郎神，道号清源妙道真君，他治水、降魔、除恶龙，神通广大。

二郎神是道教的神仙，道场在四川灌江口，因此也称灌口二郎，道号清源妙道真君。二郎神容貌俊雅，风度翩翩，常穿黄衣。据说，他神通广大，额头正中有一枚神眼，赴敌作战时会睁开。二郎神的武器是三尖两刃刀，身旁伴有哮天犬与神鹰。

灌江口的百姓饱受水患困扰，二郎神治水、镇江，使灌江口一带风平浪静。后来，有两条恶龙在灌江口发生争斗，漫天都是大雨和冰雹，灌江波涛翻涌，水马上就要淹没农田。二郎神大怒，出手降伏了两条恶龙，将其锁在了铁柱上，狂风骤雨才平息。二郎神庇佑一方水土，擒拿、斩杀了很多恶蛟和恶龙。人间如果有妖魔鬼怪作乱，二郎神便带领天兵天将将其捉拿。妖魔畏惧他，只得躲进山里，二郎神便带着天兵天将搜山降魔。二郎神法力高强，被百姓视为战神，认为他能保佑家国平安。

谈古论今

在二郎神的功绩中，我们能看到很多治水除蛟的事迹。据说，二郎神的原型就是在都江堰治水立下大功的李二郎。二郎神平定水患，为民谋福，深受百姓爱戴。

神话漫谈

在各种传说中，二郎神都是神通广大的神仙。在《西游记》里，孙悟空大闹天宫无人能挡，是二郎神在太上老君的协助下擒拿了孙悟空。在《封神演义》里，二郎神助武王伐纣，肉身成圣，威风凛凛。

劈山救母

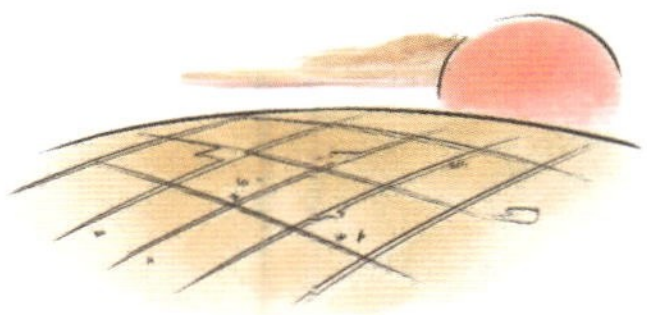

在神话故事中，天庭规定仙凡不相通，但是却有个仙女动了凡心，偷偷地跑到凡间。

三圣母嫁给了凡间的一位书生，触犯了天条，被压在华山下。她的儿子决心救出母亲。

书生刘彦昌赴京赶考时，顺路登华山游玩。华山上的神庙里供奉着天上的仙女三圣母，刘彦昌见三圣母的神像温柔绰约，不由得心生恋慕，便在墙上写了一首爱慕之诗。三圣母见刘彦昌英俊潇洒，文采斐然，便动了凡心，与刘彦昌结为夫妻。两人育有一子，名为沉香。后来，三圣母私嫁凡人的事被发现了，玉皇大帝和王母娘娘责怪三圣母触犯天条律令，便派天兵天将将三圣母压在华山下接受惩戒。

沉香长大后，一心想救出母亲。他离开家乡，拜师学艺。有一位神仙名为霹雳大仙，他见沉香天资聪颖，善良孝顺，就收沉香为徒。沉香努力学习仙法，准备去华山救母，霹雳大仙见沉香救母心切，便赠给他一柄开山神斧。沉香带着神斧来到华山，他举起神斧朝华山劈去，霎时间山崩地裂，华山竟然裂开了。三圣母得以重见天日，她紧紧地抱住沉香，母子终于团聚。

沉香
华山
中国名山，“五岳”之一，山势雄奇险峻，高耸入云，是道教圣地。

谈古论今

华山的南峰与西峰之间有一座小山峰，名为“孝子峰”。孝子峰的由来便与沉香救母有关。据说，沉香救母时，不知母亲被压在何处，只能站在一座山峰前哭喊。华山山神心善，告诉沉香三圣母的具体位置，沉香才救出了母亲。沉香哭喊时所在的那座山峰，就是孝子峰。

神话漫谈

沉香劈山救母的故事流传已久。在神话传说中，沉香为了救母亲，潜心学艺，最终劈开华山，救出母亲。他的孝心、孝行感天动地，为人称赞。

麻姑献寿

神话传说中有一位仙女，能为人们带来长寿，她就是麻姑。

麻姑会酿制一种神奇的灵酒，喝了这种酒的人会平安长寿。

王母娘娘
神话中众多女仙的领袖，尊号众多，是庇佑女性、掌管婚姻生育、健康长寿的女神。
麻姑
寿

麻姑是一位象征着长寿的女神，她容颜美丽，似十七八岁的少女。麻姑能腾云驾鹤，擅长酿造美酒。王母娘娘在三月三这天举办寿宴，麻姑将酿造的灵芝仙酒送上，为王母娘娘祝寿。麻姑的美酒香气四溢，又有延年益寿的神奇功效，王母娘娘非常喜欢。

据传说，东汉人蔡经曾设宴邀请一位得道成仙的人，那个人名叫王方平。王方平在宴会中请麻姑下凡做客，麻姑便在美妙的鼓箫声中被众多仙官簇拥着从天而降。只见麻姑穿着云锦织成的彩衣，头顶挽发髻，长发垂腰，看起来是一位年轻貌美的姑娘。可是，麻姑在和王方平聊天时提起，她已经三次目睹东海变为桑田。宴会结束后，麻姑便升天而去。

谈古论今

晋朝的葛洪在《神仙传·麻姑》中记载了麻姑的故事，麻姑所说的“已见东海三为桑田”，正是成语典故“沧海桑田”的来历。沧海桑田指大海变成农田，农田变成大海，形容世事变化很大。

神话漫谈

长寿自古以来就是人类的美好希冀和追求，麻姑就是一位代表平安与长寿的女仙，麻姑献寿的故事也在民间广为流传。在中国古代，民间为女性长辈祝寿时，晚辈常送麻姑的画像，希望老人能平安长寿。

八仙过海

凡人渡海需要乘船，那么神仙又是如何渡海的呢？

很久以前，有八位法力高深的神仙，他们各显神通，轻松渡海。

韩湘子
吕洞宾
何仙姑
蓝采和
张果老

传说中有八位神仙，他们的名字分别为铁拐李、汉钟离、蓝采和、张果老、何仙姑、吕洞宾、韩湘子、曹国舅。有一天，八仙齐聚，举办宴会。宴会快结束时，铁拐李提议去东海的蓬莱、方丈、瀛洲三座仙山观赏风景。八仙都觉得这个建议不错，吕洞宾想了想，说道："都说东海浩渺，我等如今为仙人，不如比一比这渡海的本领。"其余众仙齐声附和，众人一起来到海边。

八位仙人飞到东海之上，纷纷取出了自己的法宝。铁拐李将自己的铁拐投入海中，站在上面，乘风破浪。汉钟离将拂尘投入海中，坐在其上，也轻松渡海。张果老用纸折了一个纸驴，骑着纸驴，踏水而过。吕洞宾哈哈一笑，将手中的箫投入海中，踩着箫管渡海。韩湘子将手提的花篮朝海中一扔，乘花篮渡海。何仙姑见状，将手中的竹罩投入水中，站在竹罩上渡海。蓝采和也不甘示弱，他将手中的拍板扔进水中，同样轻松地渡海。最后只剩下曹国舅，曹国舅想了想，也将手中的玉版扔入海中，踏着玉版渡过了大海。

谈古论今

八位神仙在过海时不用舟船，各显神通，“八仙过海，各显其能”的成语也流传至今。现在，这个成语依旧用来形容人们各自有一套办法，或者各自施展本领，一较高下。

神话漫谈

八仙是中国民间知名度较高的几位道教神仙，他们出身各异，每位仙人都有自己的精彩传说。有一种颇得人们喜爱的方桌，方方正正可坐八人，被称为“八仙桌”。

福禄寿三仙

在神话故事中，天上有三颗不同寻常的星辰，掌管这三颗星辰的神仙会给人们带来幸福。

福星、禄星和寿星是三颗星辰，他们化身而成的神仙被人们供奉，保佑人们幸福、吉祥、长寿。

官帽
古代官吏的制帽。
福仙
禄仙
寿仙
如意
古代器物，长条形状，形似灵芝，有吉祥、如意的含义。
寿桃
神话传说中有延年益寿功效的桃子。

福禄寿三仙是中国民间广泛信仰的三位神仙，他们分别掌管着福气、功名利禄、健康长寿。福仙掌管人间福气，被福仙青睐的人会有好运常伴。福仙常头戴官帽，怀抱如意，一脸富贵相。据说福仙是唐朝道州刺史阳城羽化的。禄仙掌管人间的功名利禄，备受读书人的尊重。中国古代通过科举制选拔官吏，因此保佑科举考试成功的禄仙地位非常尊贵。禄仙一般手抱玉如意和金元宝，有时也会怀抱婴孩，象征加官晋爵、功名利禄、子孙满堂。据说禄仙是商朝大臣比干羽化的。寿仙掌管人的寿命，是长寿之仙，人们亲切地称其为寿星公。寿星公有个大额头，有长长的白色胡须和眉毛，他手拄拐杖，捧着寿桃。很多人认为，活了七百多岁的彭祖羽化成了寿星公。

福禄寿三仙常一起被民间供奉，寄托着人们“福寿双全”“福禄双全”“福星高照”的美好愿望。人们在供奉三仙时，一般将福仙摆在中间，禄仙和寿仙置于两侧。

谈古论今

福禄寿三仙最初是福星、禄星、寿星三颗星辰，人们对其崇拜供奉，还留下了“福星高照”等祝福的词语。中国古人对星辰的崇拜由来已久，很多神仙都是星辰的化身，例如北斗星君、南斗星君、紫微星君等。

神话漫谈

对福禄寿三仙的崇拜源于人们对幸福生活的追求和对美好人生的希冀。福仙代表的福气、禄仙代表的功名利禄以及寿仙代表的健康长寿都是普通百姓真切的追求。

百鸟朝凤

龙和凤凰都是传说中的神兽，美丽而威严。

凤凰曾是一只普通的小鸟，它是如何成为百鸟之王的呢？

很久以前，森林里生活着很多鸟儿，它们时而振翅高飞，时而站立在枝头上，相互比较着谁的羽毛更漂亮。这其中有一只不起眼的小鸟，名叫凤凰。凤凰没有漂亮的羽毛，但是它很勤劳，喜欢收集草籽和果实，然后储藏起来。凤凰曾劝说其他鸟儿储存一些粮食，但是没有鸟儿听它的话。凤凰只能自己忙个不停，储存了很多干果和草籽。这一年，天降大旱，草木枯萎，鸟儿们找不到食物，都饿得奄奄一息。凤凰见此，便打开自己储存粮食的山洞，将草籽和干果分给大家，拯救了很多鸟儿的生命。

旱灾终于结束了，因为凤凰的无私帮助，许多鸟儿得以活命。为了感谢凤凰的救命之恩，很多鸟儿都为凤凰送上自己最漂亮的羽毛。这些羽毛汇聚到凤凰的身上，形成了一件美丽的五彩羽衣。鸟儿们还推举凤凰为百鸟之王。此后，每当凤凰生辰之日，所有鸟儿都会飞向凤凰所在的方向为它祝贺生辰；当凤凰在天空飞舞时，也有许许多多的鸟儿跟随其后，这便是百鸟朝凤。

凤
凰

谈古论今

凤凰是传统的瑞兽，象征着吉祥与富贵。据说凤凰出现，就会天下太平。“百鸟朝凤”被古人用来形容君主圣明，天下依附，后来也比喻德高望重者众望所归。

神话漫谈

凤凰是鸟中之王，作为中华民族的两大图腾之一，被赋予许多美好的寓意，比如品德出众、美丽善良、吉祥平安等。凤凰和龙并驾齐驱，形成了灿烂的龙凤文化，展现了中华民族刚毅、进取、宽容、智慧、不屈不挠的精神。

神荼郁垒

“千门万户曈曈日，总把新桃换旧符。”你知道桃符是什么吗？

据传说，用神荼和郁垒的名字制成桃符，可以避免灾害。

金鸡
传说中的一种神鸡，日出报晓，声音洪亮。后来，金鸡也成为报晓雄鸡的美称。
神荼
郁垒
神荼
郁垒
桃符
用桃木板刻下“神荼”“郁垒”的名字，悬挂、张贴在门前，祈求平安。

据说桃都山是一座位于东海的神山，是收纳天下妖魔鬼怪的地方。桃都山上有一棵大桃树，非常神异，树枝蜿蜒三千里，遮天蔽日。在桃树顶端，有一只金鸡，日出报晓。这棵桃树的东北方长出了一条巨大的拱形树枝，渐渐地长成了拱门的形状。桃都山上的妖魔鬼怪想要来到人间，必须经过这扇拱门。清晨金鸡报晓时，离开桃都山的妖魔鬼怪必须回来。拱门两边站着两个神人，名为神荼（shū）、郁垒（lǜ）。神荼、郁垒是兄弟，他们神力无穷，能捉鬼降魔。兄弟二人在桃树下监视百鬼，如果发现有鬼怪在人间作乱，伤害百姓，就会将它们捉住，捆起来喂老虎。因此，桃都山上的妖魔都很畏惧他们。

神荼、郁垒一直保护着善良的人们，二神也一直被人们所信奉。民间有用神荼、郁垒的名字和画像驱邪避灾的风俗，人们称他们为门神。每逢春节，人们都会悬挂桃符，即在桃木板上刻上神荼、郁垒的名字，挂在自家门口，用来避邪防害，后来逐渐演变成张贴门神画像。

谈古论今

春节时有一个流传很久的习俗，就是贴门神。神荼、郁垒作为门神，常被人们贴在门口，保佑家宅平安。中国传统的木刻版画中，门神是一个重要而经典的题材，如杨柳青、桃花坞等木刻版画产地，都以印制门神版画而闻名。

神话漫谈

神荼、郁垒二位门神不是慈眉善目、仙风道骨的神仙。《山海经》《三教源流搜神大全》等书中记载的神荼、郁垒多是威武凶猛、凶神恶煞的样子，据说这样才能够震慑恶鬼。

灶王爷的传说

在神话中，有一位神仙是专门负责管理人间灶火的。

商朝时期，中国民间就有供奉灶王爷的习俗。

灶王爷
祭灶
民间祭祀灶王爷的仪式，各地习俗不同，多以酒、糖等祭祀。
灶
用砖、坯、金属等制成的生火做饭的设备。古人常用砖石等砌成灶台制作食物。

灶王爷即“灶神”，是民间供奉在锅、灶附近的神仙。据说灶王爷是玉皇大帝派到人间考察民情的司命之神，掌管一家人的饮食，庇护一家人的平安。另外，灶王爷还有一个重要任务，那就是考查、记录一家人的善恶。灶神的左右随侍两个神仙，一个手捧“善罐”，一个手捧“恶罐”，随侍二神会将一家人的行为进行记录，到了年终，灶王爷会向玉皇大帝禀报。玉皇大帝听了灶王爷的汇报后，根据一家人的善恶来分配这家人在新一年的吉凶祸福。因此，对一家人来说，灶王爷的汇报是很重要的。

据说，每年的小年夜，灶王爷就会离开人间，上天面见玉皇大帝，汇报人间之事。所以家家户户都会在小年夜送“灶神”升天，举行祭灶仪式，一般要焚烧纸马，供清酒、糖食等，请灶王爷向玉帝多说一些自家的好话。

谈古论今

灶王爷在民间有广泛信众，人们认为他掌管人间烟火，记录人间善恶，这寄托着劳动人民迎祥纳福、驱除凶祸的美好愿望。在敬重神灵的背后，祭祀灶王爷的传统也体现了一种家族观念。

神话漫谈

人们供奉酒水，希望灶王爷喝醉，晕乎乎的，不记事；供奉糖食，如糖瓜、汤圆等甜食，希望灶王爷上天时多说好话。由此可以看出，灶王爷是一位非常有人间烟火气的神仙。

民间传说

中国古代神话故事

ZHONGGUO GUDAI SHENHUA GUSHI

闫飞·编
捧捧堂·绘

SPM 南方传媒 | 广东人民出版社
·广州·

图书在版编目（CIP）数据

中国古代神话故事 / 闫飞编．— 广州：广东人民出版社，2023.4
ISBN 978-7-218-16417-5

Ⅰ．①中…　Ⅱ．①闫…　Ⅲ．①神话—作品集—中国—古代　Ⅳ．①I276.5

中国版本图书馆 CIP 数据核字（2022）第 253181 号

ZHONGGUO GUDAI SHENHUA GUSHI

中国古代神话故事

闫　飞　编

出 版 人：肖风华

责任编辑：马妮璐
责任技编：吴彦斌　周星奎
装帧设计：棒棒堂

出版发行：广东人民出版社
地　　址：广东省广州市越秀区大沙头四马路 10 号（邮政编码：510199）
电　　话：（020）85716809（总编室）
传　　真：（020）83289585
网　　址：http://www.gdpph.com
印　　刷：天津海德伟业印务有限公司
开　　本：710mm×1000mm　1/12
印　　张：20　　**字　　数**：200 千
版　　次：2023 年 4 月第 1 版
印　　次：2023 年 4 月第 1 次印刷
定　　价：168.00 元（全四册）

如发现印装质量问题，影响阅读，请与出版社（020-85716849）联系调换。
售书热线：（020）85716833

中国古代神话故事

民间传说

目录

愚公移山

高耸的大山阻碍道路，人们只能绕行。有人却下定决心要将山搬走。

愚公见大山阻碍人们出行，下定决心把山移走。最终，天帝派大力神将山搬走了。

古时候，在冀州南部有太行、王屋两座高山，山脚下有个名叫愚公的老人，已经快九十岁了。愚公见两座高山阻碍人们出行，就与全家人商议，要挖平这两座险峻的高山，让人们出行的道路畅通无阻。一家人决定将挖下来的土和石头扔在渤海边，于是，愚公率领儿孙开始凿石挖山，然后把石头和土运到渤海边上，一年往返一次。

邻居智叟讥笑愚公，他认为愚公很愚蠢，愚公不过是一个凡人，又年老，根本无法对两座高山造成影响。愚公坚定地表示，就算自己死了，自己的儿子、孙子依然会继续挖山，自己的子子孙孙无穷尽，而两座山不会变大变高，总有一天会被挖平的。山神听说这件事后，有些害怕，于是上天向天帝报告了这件事。天帝被愚公的诚心与坚持感动，派大力神背走了这两座山。从此，冀州南部一片平坦，再没有高山阻隔了。

谈古论今

《愚公移山》不仅是一则神话故事，也是一则寓言故事。在古代生产力很不发达的情况下，人们纵有移山之志，也只能幻想靠神仙的法力来帮忙。而今，随着科学技术的进步，移山填海已经成为可能。

神话漫谈

《愚公移山》的故事体现了中国古代劳动人民改造自然的决心，彰显了一种人定胜天的气魄。愚公虽“愚”，可他有持之以恒、坚持不懈、顽强拼搏的精神，最终克服困难，取得了成功。

冯夷当河伯

黄河孕育生命，带来希望。但是，黄河经常泛滥成灾。

冯夷是中国古代神话中的黄河水神，即河伯，掌管着黄河。

冯夷

很久很久以前，在华阴潼乡有一个叫冯夷的人，他不爱打猎耕田，只想得道成仙。他听说，只要连续喝水仙花的汁液一百天，就能成仙，于是四处寻觅水仙花。

为了寻找水仙花，喝到水仙花的汁液，冯夷历经千辛万苦，多次渡过黄河。转眼过了九十九天，只要再喝一天水仙花的汁液，冯夷就可以成仙了。可就在第一百天，冯夷渡过黄河时，出了意外。冯夷选的渡河之处原本水不深，可那一天黄河突然涨水了，河水高高涨起淹没了冯夷。

冯夷在黄河中淹死后，怨气不散，恨极了黄河，于是他上天向玉皇大帝告状。玉皇大帝见冯夷本来马上就能成仙，又见黄河无人管理，洪水泛滥，危害百姓，便封冯夷做了黄河水神，也就是河伯。冯夷成仙后认真治理黄河，庇佑黄河两岸百姓。

黄河

中国第二长河，流域面积广阔，是中华文明的发源地之一。

谈古论今

数千年间，黄河水患不断，泛滥的河水使两岸百姓苦不堪言。冯夷因黄河水患而死，又在死后成为河伯，治理黄河水患，庇佑黄河两岸的百姓。

神话漫谈

黄河是中华民族的母亲河，孕育了古老而伟大的中华文明，可黄河也多次给两岸生灵带来灾难。黄河在流经黄土高原之时会携带大量泥沙，且经常改道，频繁发生严重的水灾。因此，以黄河为题材的传说多与水患、治水有关。

中国古代神话故事

龙凤呈祥

在中国古代神话中，龙和凤都是祥瑞的象征，当龙凤一起出现时，就表示有喜事发生了。

春秋时期，弄玉公主和箫史合奏，引来了金龙和彩凤。

笙
中国传统的民间吹奏乐器，是自由簧气鸣乐器。
弄玉

春秋时期，秦穆公有一个小女儿，名为弄玉。弄玉喜欢乐器，尤擅吹笙。秦穆公用美玉制成玉笙，送给弄玉。弄玉长大后，姿容无双，精通音律。秦穆公想招邻国的王子为婿，可弄玉认为自己的郎君必须懂音律、善乐器，秦穆公珍爱女儿，只好依从公主。

有一天夜里，弄玉倚栏赏月，吹奏玉笙，从遥远的地方竟然传来了袅袅的洞箫声。笙乐如龙音，箫声如凤鸣，悦耳动听，方圆百里都听得见。秦穆公知晓后，便令人去寻找，后来在华山脚下找到一位隐居的青年，名为箫史，那洞箫正是他吹奏的。箫史入宫后，秦穆公发现他的箫也是美玉所制，又见其风度翩翩，精通音律，于是让公主出来相见。二人一见钟情，笙箫合奏无比契合，秦穆公便招箫史为婿。

弄玉和箫史婚后生活美满，二人经常合奏，其音乐能引来天上的真龙和凤凰倾听。有一天，箫史说："我怀念在华山的幽静生活。"弄玉说："我愿随你而去。"二人合奏起来，又一次引来了金龙和彩凤。龙飞凤舞，祥云翻腾时，弄玉乘彩凤，箫史跨金龙，升天而去。

谈古论今

弄玉和箫史夫妻恩爱，心心相印，心灵相通，后世人也常用龙凤呈祥来形容夫妻感情恩爱，比翼双飞。龙凤呈祥也是对新婚夫妻的祝福。

神话漫谈

龙凤是中华民族的传统图腾，代表着吉祥和尊贵。龙凤图案常被用于婚礼等喜庆场所，男为龙，女为凤，相得益彰，和谐统一。龙为百兽之君，凤为百鸟之王，两者一起，便是龙凤呈祥。

中国古代神话故事

牛郎织女鹊桥会

天上的一位仙女名叫织女，她向往凡间，偷偷下凡，遇见了一个男子。

织女下凡嫁给了牛郎，可仙凡相恋违背天条，织女被王母娘娘带走了，牛郎织女只能隔着银河相望。

银河

指横跨星空的一条乳白色光带，由无数恒星的光汇聚而成，古人不解其本质，以为是天上的一条河流。

玉帝有一个孙女，名叫织女，她长相美丽，性格温婉，擅长织布。织女常织出漂亮的云霞装点天空。织女每天在天庭织布，时间长了就觉得有些无趣，于是约了几个姐妹，偷偷溜下凡间。

凡间有一个叫牛郎的人，父母早逝，只有一头老牛与他相伴。这老牛很神奇，知道有美丽的仙女在河边沐浴，就为牛郎出谋划策。牛郎在仙女们沐浴时捡走了织女的衣服，织女便与牛郎相见了。后来，织女见牛郎忠厚老实，就嫁给了他，二人男耕女织，日子过得很美满。可好景不长，织女私自下凡，又嫁给凡人的事情还是被玉帝知道了，玉帝大怒，派天兵将织女捉回天庭，使牛郎和织女夫妻分离。

牛郎见织女被捉回天庭，拼命追赶，王母娘娘见状，用金钗一划，银河顿时波涛翻涌，将二人相隔。后来，天帝见两人实在不愿分开，只能允许二人在每年农历的七月初七见面。于是，每年农历的七月初七，无数喜鹊就会在银河上搭建鹊桥，让牛郎织女相会。

谈古论今

每年农历的七月初七是中国的传统节日——七夕节。七夕节的来源与牛郎织女的传说密切相关。传说七夕时牛郎织女会在鹊桥相会，因此七夕节也成了一个具有浪漫色彩的、象征爱情的传统节日。

神话漫谈

天空中有两颗星星，名为牵牛星和织女星，这在《诗经》中就有记载。很多诗人以牛郎织女的美丽传说为题材进行创作，例如《古诗十九首》中就有“迢迢牵牛星，皎皎河汉女”的动人诗句。

中国古代神话故事

孟姜女哭长城

修建长城是很艰苦的工作，很多人承担繁重的劳役，甚至失去了生命。

孟姜女的丈夫被捉去修建长城，久久不归，孟姜女只得千里寻夫。

传说战国时有两户人家，一户姓孟，一户姓姜。孟家老汉在墙边种了一棵葫芦，葫芦藤爬到了姜家院子里，结出了大葫芦。姜家老汉将葫芦打开，里面竟有一个女娃，两家人为其取名“孟姜女”，并共同抚养。

秦始皇统一天下后，征集民夫修筑长城，派衙役四处捉人。有个叫范喜良的书生，为了逃避衙役的捉拿，翻墙躲在孟家院中，被孟姜

长城

中国古代伟大的军事防御工程，始建于战国时期。秦始皇统一中国后，又征调数十万民夫增建，长度超过一万华里，所以也叫万里长城。

女发现了。孟家老汉同意范喜良暂时躲在孟家，后来，孟家老汉见范喜良一表人才，学识丰富，决定招他为婿。可就在孟姜女和范喜良拜堂成亲时，几个衙役闯进来，将范喜良抓去修长城了。

范喜良离家一年，杳无音信。孟姜女日夜哭泣，决定去寻找自己的丈夫。孟姜女风餐露宿，跋涉千里，终于到了长城脚下，却听人说自己的丈夫因为修长城已经累死了，遗体被埋在了长城下。孟姜女在长城下失声痛哭，哭得天昏地暗，狂风阵阵，日月无光。轰然间，长城竟然有一段倒塌了，孟姜女终于在那里找到了她的丈夫范喜良。

谈古论今

孟姜女哭长城的故事最早可以追溯至战国时期，是中国著名的民间故事。直到今天，在河北省山海关风景区还有孟姜女庙，而孟姜女的故事更是被搬上电影、电视屏幕，广为流传。

神话漫谈

古代战争频繁，徭役繁重。孟姜女哭长城的故事本质上反映了古代劳动人民对封建专制的痛恨，对繁重劳役的不满，对幸福生活的渴望和向往。

中国古代神话故事

田螺姑娘

空无一人的家中竟然有热气腾腾的饭菜，这究竟是怎么回事？

天帝见谢端自幼父母双亡，但为人诚恳勤俭，就派田螺姑娘下凡帮他。

田螺
软体动物，有硬质薄壳，螺旋形，苍黑色，触角长，生活在淡水中。
田螺姑娘

从前有个名叫谢端的人，自幼父母双亡，为人忠厚老实，勤劳能干又节俭，但因家穷，一直没有娶妻。一天，谢端在种田时捡到一只又大又漂亮的田螺。谢端觉得这只田螺很神奇，于是将它带回家，精心养在水缸里。过了一段时间，谢端每天清晨去田间劳作，晚上回家就发现屋里被打扫得干干净净，桌子上放满了热气腾腾的饭菜。连续几天之后，谢端决心一探究竟。

谢端在鸡鸣时分出门，偷偷躲在篱笆外往屋里看，发现有一个美丽的姑娘从水缸中走出来，生火做饭，收拾屋子。谢端飞速跑进门，向姑娘询问缘由。姑娘回答说："天帝见你勤劳又诚实，于是派我下凡为你料理家务，希望你能富裕起来，成家立业。可我的使命没有完成就被你看到了，这是泄露天机，我只能回天上了。"谢端很后悔，再三挽留都没有成功。姑娘告诉谢端，那只田螺壳可以倒出用不完的粮食，希望谢端认真劳作，早日成家立业。话刚说完，屋外狂风暴雨骤起，在风雨中，田螺姑娘升天而去。

谈古论今

田螺姑娘的故事最早出自晋朝的《搜神后记》，后来演变成许多版本。也有一种说法是，田螺姑娘并没有回到天上，而是嫁给谢端为妻，二人幸福美满地生活在一起。

神话漫谈

田螺姑娘的神话故事寄托着古代劳动人民的美好希望。勤劳善良的人最后会寻找到属于自己的幸福，普通百姓的幸福无非就是回到家中就有热腾腾的饭菜和整洁的屋子，这就是家的温度。

梁祝化蝶

祝英台女扮男装，拜师求学，遇到了一生挚爱。

梁山伯和祝英台相爱，却无法结为夫妻，二人死后化为蝴蝶。

祝员外有一个女儿，名叫祝英台，她美丽又聪颖。祝英台女扮男装，出门求学，在路上结识了书生梁山伯。二人一见如故，一同拜入书院读书。祝英台跟梁山伯同窗三载，芳心暗许，奈何梁山伯不知道祝英台是个女孩。

祝员外思念女儿，催祝英台回家。祝英台与梁山伯分别时，向梁山伯暗示自己的女子身份，可梁山伯始终没明白。祝英台无奈，谎称家中妹妹长相和自己相像，愿意为梁山伯做媒。梁山伯去祝家求亲时，才知道祝英台是女儿身，可祝员外已经将祝英台许配给马文才。梁山伯与祝英台无法结为夫妻，悲痛万分。

不久之后，梁山伯忧郁成疾，因病身亡。祝英台被迫出嫁时，绕道去梁山伯墓前祭奠。祝英台在坟前哀伤哭泣，天空中顿时雷雨交加，梁山伯的坟墓竟然裂开了，祝英台纵身入坟，二人化为一对美丽的蝴蝶，飞向天空。

祝英台
梁山伯

谈古论今

梁山伯与祝英台的爱情故事在中国民间流传上千年，由此衍生了很多经典的情节，例如“结金兰”“十八相会”“楼台会”“梁祝化蝶”等，它们至今依然广受喜爱，传唱不衰。

神话漫谈

梁祝的爱情悲剧是封建制度包办婚姻的结果。祝英台身为女子，不愿意受到礼教束缚，敢于追求爱情。梁祝二人化为蝴蝶终于团聚，也体现了古代劳动人民对美好爱情的追求和对婚姻自由的向往。

中国古代神话故事

钱王射潮

钱塘江的潮神总是鼓起潮头，兴风作浪，带来汹涌潮水，百姓深受其害。

吴越王钱镠(liú)决心治理钱塘江，箭射潮神，为民除害。

钱王

唐朝末年，杭州归属吴越王管理。吴越王名叫钱镠，勇猛无比，时人都称他为“钱王”。钱王治理杭州的时候，钱塘江的堤坝总是修不好。据说这是因为每当人们将堤坝修得差不多时，潮神就鼓起潮头，冲垮堤坝。

钱王得知这个情况后，决定亲自上阵，降伏潮神，为民除害。钱王听说八月十八是潮神的生日，这一天，潮神会骑着白马在潮头上跑，带来滔天水势。于是到了八月十八这天，钱王召集了一万名弓箭手到江边，自己登上高台观望。

潮水上涌，威胁钱塘江两岸的百姓。百姓们听说钱王要射潮神，非常开心，都围在江边，为钱王助威。钱王见百姓为自己呐喊，豪气顿生。过了一会儿，潮神出现了，潮神骑着白马，跑在潮头，得意扬扬。钱王抄起弓箭，一箭射了出去，正中潮神。而后，钱王下令放箭，只见万箭齐发，直射潮头，百姓也齐声呐喊助威。钱王率士兵射出了四万支箭，逼得潮神不敢再向岸边冲击，掉头就跑，再也没出现过，而钱塘江的堤坝也终于建成了。

谈古论今

随着科技的进步，如今的中国已经在钱塘江上修建了坚固的堤坝，还修建了很多水库和发电站。古代危害百姓生存的钱塘江大潮如今已经成了著名的自然奇观，是浙江省的热门旅游项目，吸引着中外游客前去参观。

神话漫谈

钱塘江潮有“天下第一潮”之称，潮水又高又大，冲击力量迅猛。在古代，钱塘江潮水给两岸人民带来了很多灾害，而修筑钱塘江堤坝也是一件难事。钱王射潮这个美好的传说背后，正是百姓对英明神武的钱王修堤治水的称赞。

白蛇传

有一条白蛇修炼成人，想要报答曾经救过自己的恩人。

白素贞嫁给恩人许仙，却被法海识破妖身，镇压在雷峰塔下。

雷峰塔
中国名塔，位于杭州西湖南侧的夕照山上。
白素贞

据宋元话本《西湖三塔记》记载，有一条修炼千年的白蛇已成精，名叫白素贞。白蛇精白素贞与青蛇精小青义结金兰，结伴同行。在白素贞的前世，有人救过她的性命，白素贞决定报恩，去寻找转世后的救命恩人——一位名叫许仙的书生。白素贞在西湖的断桥边遇到了许仙，她设计与许仙相识，嫁给许仙为妻，夫妻二人相处融洽，感情很好。

后来，金山寺的和尚法海识破白素贞的妖身，便告知许仙，白素贞是蛇妖。许仙本来不信，但是法海告诉他，端午节时给白素贞喝下雄黄酒，她就会现出原形。许仙将信将疑，依计行事。白素贞果然现出原形，是一条巨大的白蛇，许仙当场就被吓晕了。白素贞十分后悔，偷上天庭盗取仙草灵芝，将许仙救活，后来二人和好如初。

法海见状，将许仙软禁在金山寺，不许二人相见。于是，白素贞带着小青与法海斗法，水漫金山，不小心伤害到了附近的生灵，触犯了天条。此时白素贞已经怀孕，在生下孩子后被法海镇压在雷峰塔下。白素贞的儿子长大后，高中状元，到雷峰塔前祭拜，救出了母亲，一家人终于团聚。

谈古论今

《白蛇传》是中国民间经典爱情传说，宋代便有故事流传，明代的《警世通言》中也有记载，清朝时记载更多。《白蛇传》是一部民间集体创作的爱情神话，情节跌宕起伏，直到今天依然有不少以其为主题的影视剧和动画片。

神话漫谈

《白蛇传》的核心是古代人民对自由恋爱、自由婚姻的赞美和向往。法海代表了一种封建势力的无礼束缚，而白素贞勇敢追求爱情的精神被很多人称赞。

济公传说

在杭州灵隐寺，有一个看起来疯疯癫癫的僧人，名叫济公。

济公是一个看似疯癫、实则有大智慧的僧人。有关济公的很多神奇事迹至今仍在流传。

济公

济公是南宋僧人，本名李修缘，法号道济，后人尊他为“济公活佛”。济公一直是破衣、破帽、破鞋、破扇的形象，不遵守清规戒律，喜好酒肉，看似疯疯癫癫，其实非常有智慧。济公先后在国清寺、灵隐寺、净慈寺修行，也曾云游四方，留下很多传说。

济公在灵隐寺出家时，方丈要重修寺庙，需要木头。济公主动表示自己能承担此项重任，而后却喝得大醉三天。济公醒来时，告诉方丈木材运到了，方丈询问木材在哪里，济公指着寺中的井表示木头就在井中。不一会儿，一根又一根的木头从井中冒出来，众僧急忙将木头拉上来，都觉得非常神奇。

有一次，济公掐指一算，知道有座山要从远处飞来。济公担心山落在村庄里压到人，就进村劝村民离开。村民见济公疯癫，并不信任。济公无奈地冲进一户娶新娘子的人家，抢了新娘就跑，村民大怒，都追了出来。只听轰隆隆一声巨响，一座山落在了村里，村民这才知道是济公救了大家的命。

谈古论今

济公仗义疏财，扶危济困，除暴安良，法力高强，是民间传颂的得道高僧。直至今天，灵隐寺依旧有关于济公古井运木的遗迹。

神话漫谈

济公看似疯癫，其实是学识渊博的得道高僧。济公擅长诗文，禅学境界很高，还擅长医术，常为贫民治病，扶危济困。“济公活佛”的名称就是百姓对济公的称赞。

龙生九子

在神话传说中，龙的每一个孩子都很神异。

龙有九个孩子，他们的长相和爱好各不相同。

龙是华夏民族的图腾，在神话传说中，龙有九个儿子，但这九子不是龙，而是各种神兽。龙的长子囚牛有鳞有角，听力极好，喜欢音乐，人们将其雕刻在琴上，使琴音优美。龙的次子是睚眦（yá zì），龙角狼身，生性嗜杀喜斗，人们将其刻在刀剑上。龙的三子是嘲风，嘲风喜欢蹲坐在陡峭的地方登高望远，人们将其摆在宫殿屋顶，用来保佑家宅平安。龙的四子是蒲牢，它喜欢洪亮的音乐，吼声很响亮，人们将其雕刻在洪钟上，使钟鸣声远扬。龙的五子是狻猊（suān ní），长得像狮子，喜欢安静地坐着，又喜欢烟火，因此人们将其刻在香炉上。龙的六子是赑屃（bì xì），长相似龟，喜欢负重，人们用其形象负碑。龙的七子是狴犴（bì àn），长相似虎，仗义执言，明辨是非，人们将其摆放在监狱或者官衙两侧。龙的八子是负屃（xì），长相很像龙，性格温文尔雅，喜欢文字，人们经常将其缠绕在石碑的顶端。龙的九子是螭（chī）吻，龙头鱼身，喜欢吞食东西，人们将其放在殿脊两端，希望可以灭火消灾。

囚牛
睚眦
嘲风
蒲牢
狻猊

谈古论今

“龙生九子，子子不同”是一句谚语，这句谚语的含义是同胞兄弟的品质、爱好各不相同。由此我们可以知道，龙生九子，各有特色的说法是广泛流传的。

神话漫谈

在中国传统文化中，九是泛指的虚数，表示极多。神话中龙的儿子有很多，除了文中介绍的九种，还有饕餮（tāo tiè）、蚣蝮（gōng fù）、椒图等。龙作为中华民族的图腾，其形象体现了融合共生。

鲤鱼跃龙门

每年都会有很多鲤鱼逆水而上，想要跃过龙门。

据说，鲤鱼跳过龙门以后，会变成巨龙，升天而去。

大禹为了治理黄河，凿开了龙门。龙门附近风景秀美，黄河里的鲤鱼都想去见识一下。鲤鱼们成群结队地从孟津的黄河出发，通过洛河，沿着伊河来到了龙门。龙门十分险峻，拦在黄河中央，水波四溅。龙门前没有水路，鲤鱼们无法游过去，只好在龙门下聚集，一起商议。一条大红鲤鱼认为应该尝试跳过龙门，可其他鲤鱼都反对，觉得跳龙门很危险。

大红鲤鱼决定试一试，它使出全身力气在河里迅速游动，靠近龙门时用力一跳，跳到了半空中，天空中狂风大作，突降天火，阻碍大红鲤鱼前进。大红鲤鱼忍着痛，坚持向前飞跃，终于跳过了龙门。

突然，天空中雷声阵阵，风雨交加，大红鲤鱼竟然变成了一条巨龙，在天空中盘旋。眼见大红鲤鱼跳过龙门，变成了巨龙，其他鲤鱼都惊呆了，纷纷效仿，一条接着一条想要跳过龙门。不过，只有具备毅力、勇气、机缘的鲤鱼才能跳过龙门，变成龙。

鲤鱼

一种杂食性鱼类，体侧扁而长，上腭两侧有须，池塘、湖泊、河流中均可见。

谈古论今

“鲤鱼跃龙门”是一个常用俗语，流传至今。在古代，人们通过科举考试入仕为官，如果一个人考取功名，大家就会用“登龙门”来形容他。鲤鱼跃龙门实际上寄托着人们祈盼飞跃的美好愿望。

神话漫谈

所有鲤鱼都梦想着逆流而上，一朝化龙。因此，每条鲤鱼都会努力地想要跳过龙门。不过，能跳过龙门的鲤鱼非常稀少，大部分鲤鱼都会在龙门前摔下来。直到今天，许多黄河鲤鱼的头上还有一个黑疤，据说那就是跳龙门时摔伤留下的痕迹。

中国古代神话故事

年兽与爆竹

过年时，人们都要点燃爆竹，“噼里啪啦”的声音此起彼伏。

据说，在古代，每到除夕这天，都会有一只叫“年”的怪兽出现。人们燃放爆竹，正是为了赶跑年兽。

很久以前，山上有一种叫“年”的怪兽。年兽有长长的角，牙齿尖锐，身披鳞甲，非常凶猛。每到除夕，年兽就会出现，吃掉牛羊鸡鸭，有时还会伤人性命。因此，每逢除夕，人们就带着自己养的牲畜，成群结队地逃进山林，躲避年兽。

某年除夕，桃花村的村民携老扶幼，正准备上山躲避年兽。就在这时，村里来了一位乞讨的老人，想讨要些食物，村民们都忙着逃难，无人理会，只有一位老婆婆见他可怜，端出一碗饺子给他吃。老人很感动，告诉了老婆婆年兽的弱点，原来，年兽非常害怕响声、火光和红色的东西。

老婆婆听后，决定试一试。除夕夜晚，年兽闯进村里时，发现老婆婆家门上贴着红纸，老婆婆穿着红色的衣服，正在院子里烧竹子。竹子爆裂，发出巨大的声响，年兽害怕极了，转头就跑。很快，大家就都知道了驱赶年兽的方法。此后，每逢除夕，人们都要穿红衣，贴红色对联，燃放爆竹。

对联

贴在门两侧的对偶语句，多用红色纸张书写，祈福纳祥，是过年的重要习俗。

爆竹

在古代，人们用火烧竹子，使竹子爆裂，发出响声，故名“爆竹”。后来，人们也用火药和纸制作爆竹。

谈古论今

除夕是中国人最盛大的节日。吃年夜饭、贴春联、守岁、放爆竹、挂灯笼等习俗从古流传至今。在中国人的观念中，除夕意味着亲人团聚，辞旧迎新，寄托着人们希望生活美满、团团圆圆的质朴愿望。

神话漫谈

据传说，年兽总是下山祸害人间。当人们辛苦地赶跑年兽后，总会感慨“又过了一个年”。久而久之，“过年”的说法便深入人心，赶跑年兽的方法也成了过年的习俗，代代流传。

中国古代神话故事

日月潭的传说

日月潭是中国台湾省最大的淡水湖，在这里流传着一个美丽的传说。

大尖哥和水社姐勇敢地与恶龙搏斗，夺回太阳和月亮，最后牺牲了自己。

中国美丽的宝岛台湾有一个深潭，潭边住着一对青年男女，人们亲切地称呼他们为大尖哥和水社姐。二人郎才女貌，相互爱慕，感情很好。深潭中住着两条恶龙，无恶不作。一天，阳光普照大地时，公龙飞到天上将太阳吞下肚，而到了晚上，母龙也将月亮吞下。两条恶龙在深潭中游来游去，不断吞吐太阳和月亮，像是在玩有趣的玩具。可人间没有了太阳和月亮，陷入一片黑暗，人们无法耕种，无法打猎，眼看就要饿死了。

大尖哥和水社姐决心杀掉恶龙，找回太阳和月亮。二人多方打探，得知阿里山下埋着金斧头和金剪刀，于是他们跋山涉水，取回这两件神器。二人回到深潭边，大尖哥挥起金斧头，水社姐抄起金剪刀，将两条恶龙杀死。而后，二人又吞下恶龙的眼睛，获得神力，用尽全力将太阳和月亮托上天空。太阳和月亮又被挂在了天上，万物复苏，可大尖哥和水社姐却变成了两座大山，矗立在深潭边。后来，这个深潭有了名字，叫日月潭，两座大山则叫作大尖山和水社山。

水社姐

谈古论今

日月潭附近至今依然流传着大尖哥和水社姐的传说。每年秋天，人们都穿着美丽的服装，带着竹竿和彩球在日月潭边模仿大尖哥和水社姐托举太阳和月亮的动作，以此来纪念两位英雄。

神话漫谈

《日月潭的传说》故事情节非常经典，即英雄战胜恶龙，为人们寻回光明。以大尖哥和水社姐为代表的青年英雄坚持正义，无所畏惧，最终战胜了恶龙，这说明邪恶不能阻挡人们追求光明的脚步。